Liebe hat viele Gesichter und manchmal verbirgt sie sich hinter einer Maske.

Das Claddagh, der traditionelle irische Ehering, setzt sich zusammen aus zwei Händen, die ein gekröntes Herz halten. Dabei stehen die Hände für Freundschaft, das Herz für die Liebe und die Krone für die Treue.

Dieser zweite Teil der Irish-Romance-Trilogie beginnt dort, wo der erste endet. Aus Leidenschaft wird Liebe, das zentrale Symbol des Claddagh-Ringes. Ebenso wichtig sind Freundschaft und Treue. Fehlt eines, sind auch die anderen gefährdet und eine vermeintlich richtige Entscheidung kann alles infrage stellen.

Iris H. Green

© Juni 2020 Iris H. Green · www.irish-romance.de
Lektorat: Ursula Hahnenberg · www.buechermacherei.de
Covergestaltung/Satz & Layout/e-Book: Gabi Schmid · www.buechermacherei.de
Fotos: Privat
Grafiken: #4663290, #83141218, #233011940, #19604449, #314542510, #330106829 #238597879, #10900164, #172260636, #168608806 | AdobeStock

Druck und Verlagsdienstleister:
tredition GmbH, Halenreie 40–44, 22359 Hamburg

1. Auflage
978-3-347-09337-9 (Paperback)
978-3-347-09339-3 (e-Book)

1.

Eroberung

Sean McLeary hatte schon sehr früh festgestellt, dass seine Wirkung auf Frauen jeden Alters der einer offenen Flamme auf Motten entsprach. Es war nicht seine Schuld, wenn sie sich die Flügel versengten, während er nur kurz aufloderte und dann ruhig und stetig weiterbrannte. Bis sein Docht neue Nahrung brauchte. Er musste nie lange suchen. Nachdem er seine Kenntnisse in der Verführung von Frauen perfektioniert hatte, konnte er es sich leisten, wählerisch zu sein.

Manche hieß er nur ein einziges Mal in seinem Bett willkommen, andere fand er einer Wiederholung wert. Mit einigen verband ihn über längere Zeit sogar eine Art Freundschaft, auf die er bei Bedarf zurückgriff. Es mochte durchaus an seinen Qualitäten als Liebhaber liegen, dass kaum eine dieser Freundinnen ihn jemals abwies, wenn er nach längerer Zeit anrief. Dann lud er sie zu einem Pubbesuch ein, der meistens in dem Hotel endete, in dem er sich gerade aufhielt, oder im Bett seiner Gespielin.

Sean besaß gar kein eigenes Bett, abgesehen von dem im Haus seiner Schwester, in dem er aber nur selten und höchstens für zwei oder drei Tage schlief. Dorthin nahm er nie eine Frau mit. Zwar hatte Ciara es nie verboten, aber ihm war die unmittelbare Nachbarschaft seines Zimmers zu dem seiner Nichte und seines Neffen allzu bewusst.

Zusammen mit seinem Schwager Elmer Doyle hatte er

vor drei Jahren den Familienbetrieb ›Doyle & McLeary Bustours‹ gegründet. Und so war er die meiste Zeit mit einem Reisebus unterwegs, zeigte Touristen seine Heimat, erklärte ihnen antike Monumente und erzählte Anekdoten aus der Geschichte Irlands. Mit dem ihm eigenen Ehrgeiz wurde er rasch zu einem ebenso versierten Reiseleiter wie er sich seinen Ruf als Frauenschwarm erworben hatte. Allerdings waren seine weiblichen Gäste absolut tabu, obwohl es ihm nicht an eindeutigen Angeboten mangelte, sogar von Frauen, die in Begleitung ihres Freundes oder Ehemannes reisten.

Vor einem Jahr war Maren im Büro von Doyle & McLeary aufgetaucht und hatte den Betrieb mit deutscher Gründlichkeit aufgemischt. Nicht nur das Programm ihres kleinen Unternehmens, auch sein Gefühlsleben hatte Maureen, wie Sean sie nannte, gehörig durcheinandergewirbelt.

Nach ihrer gemeinsamen Nordirland-Tour war sie mit ihrem deutschen Freund nach Dublin gefahren und er war zum ersten Mal unkonzentriert gewesen, was den Amerikanern, die er zwei Tage später dort in Empfang genommen hatte, allerdings nicht aufgefallen war. In der St. Patricks Cathedral, der Guinness-Brauerei, im Trinity College oder dem Writers Museum hatte er ständig damit gerechnet, Maureen und L.B. zu begegnen, sogar daran gedacht, dem Typen, dem sie den Vorzug vor ihm gab, gehörig die Meinung zu geigen.

Schließlich hatte er mit Elmer telefoniert und ihn gebeten, die nächste Tour mit ihm zu tauschen. Wexford gegen Connemara, was ihm ermöglichen würde, zwei Tage mit Maureen zu verbringen — falls sie ihn nicht sofort rauswarf.

Natürlich ignorierte Sean ihre halbherzige Aufforderung, er könne jetzt gehen, sagten ihre Augen doch das Gegenteil. Er war darauf vorbereitet, alle Register zu ziehen, doch statt sich zur Wehr zu setzen, lehnte Maureen sich an die Tischkante und erwiderte seinen Kuss in einer Weise, die ihn schwindelig werden ließ. Als sie kurz darauf in seiner Hand kam, ohne dass er viel dazu beigetragen hatte, fragte er, »Hast du mit L.B. geschlafen?« Er musste es einfach wissen. Nicht, dass es etwas geändert hätte.

»Ich wünschte, ich hätte es nicht getan.« Atemlos drängte sie sich an ihn.

Er zog Luft durch seine Zähne und entzog sich hastig ihrer Reichweite. »Nicht hier.«

Wortlos deutete sie auf die linke Tür in der gegenüberliegenden Wand.

Er schob seine Hände unter ihren Po und sie klammerte sich mit Armen und Beinen an ihm fest. So trug er sie ins Schlafzimmer und legte sie auf das breite Bett.

»Ich werde dich jeden Mann vergessen lassen, den du je gehabt hast«, versprach er, während er sein Hemd aufknöpfte, und konnte sie gerade noch davon abhalten, seinen Gürtel zu öffnen. »Lass das, Maureen.«

Er umfasste ihre Handgelenke, streckte ihre Arme oberhalb ihres Kopfes aus und bat sie, genau so liegen zu bleiben. Rasch zog er sich aus, registrierte, dass sie ihm dabei zusah. War da so etwas wie Erleichterung in ihrem Blick? Er kniete sich neben sie auf das Bett und rollte den Saum ihres T-Shirts langsam nach oben, folgte jedem freigelegten Zentimeter mit Lippen und Zunge. *Hm, kein BH.* Trotz seiner fast schmerzhaft pochenden Lenden ließ er sich Zeit, verweilte bei ihren Brüsten und saugte erst an der einen, dann an der anderen.

Sie wand sich und keuchte: »Willst du mich umbringen?«

»Im Gegenteil«, versicherte er und nahm ihren Mund in Besitz, demonstrierte ihr mit seiner Zunge, was bald an anderer Stelle folgen sollte.

»Willst du wohl still liegen bleiben«, befahl er ihr, als sie ihre Fersen in die Matratze bohrte und sich aufbäumte.

»Nein, will ich nicht«, sagte sie atemlos. »Ich will dich, verdammt. Jetzt sofort.«

»Noch nicht, meine ungeduldige Schattenelfe.«

Er liebkoste sie, von ihrem Mund abwärts bis zur Taille, zog dann an ihrem Hosenbund und folgte auch diesem mit Lippen, Zunge und Händen ihre Beine hinab bis zu den Knöcheln. Küsste jede einzelne ihrer Zehen und wanderte wieder ihre Beine hinauf, die er dabei sanft spreizte, begleitet von ihren heftiger werdenden Atemzügen. Das Blut rauschte in seinen Ohren und anderswo, als er seinen Mund auf ihre feuchte Mitte presste und sich an ihrem Geschmack labte.

Sie stöhnte laut und keuchte: »Du bist ein Teufel. Ein himmlischer Teufel. Lass mich nicht noch länger warten. Bitte. Sean! Ich brauche dich. Ja — oh ja!«

Unvermittelt kam sie an seinem Mund, was ihm fast die Beherrschung raubte, da er gleichzeitig mit geübten Fingern ein Kondom überstreifte. Noch während ihrer Kontraktionen drang er geschmeidig in sie ein und verharrte reglos tief in ihr. Das war sein schönster erster Moment: Dem Pulsieren nachzuspüren, das er verursacht hatte.

»Jetzt darfst du mich anfassen, mein Engel«, erlaubte er ihr und fast sofort lagen ihre Hände auf seinem Rücken, ihre Schenkel an seiner Taille. Er bremste ihre gierigen Bewegungen, zwang ihr einen langsamen, stetigen Takt auf.

»Du raubst mir den letzten Rest Verstand«, presste sie zwischen heftigen Seufzern hervor und bohrte ihre Nägel in seinen Rücken.

»Den brauchst du jetzt nicht. Du musst nur fühlen und genießen. Das tust du doch, nicht wahr?«

»Wonach hört es sich an? Und du? Genießt du auch, was du tust?«

»Wonach fühlt es sich an?« Er richtete sich ein wenig auf, seine Hände in ihren Kniekehlen. »Wie ist das?«, fragte er und erhöhte das Tempo ein wenig.

»Ja, weiter, genau so, Himmel! Ich komme — schon wieder — Sean!«

Jetzt war es auch um ihn geschehen, konnte er sich nicht mehr länger zurückhalten. Ermattet sank er auf sie, versuchte, wieder zu Atem zu kommen, seinen rasenden Herzschlag zu beruhigen. Noch einmal nahm er leidenschaftlich ihren Mund in Besitz, drehte sich dann zur Seite und zog sie mit sich.

»Vorsicht, Maureen«, sagte er kurz darauf, als er merkte, dass er aus ihr herausglitt. »Wir wollen doch nicht, dass ich am Ende noch das Hütchen verliere.«

»Ich habe gar nicht mitbekommen, dass du eins übergestreift hast. Hast du es etwa schon getragen, als du hereingekommen bist?«

»Was für eine alberne Vorstellung. Du hast mich doch beim Ausziehen beobachtet. Und was du gesehen hast, scheint dir gefallen zu haben.« Er grinste. »Ich muss gut gewesen sein, wenn du nicht bemerkt hast, was ich nebenbei getan habe.«

»Du warst mehr als nur gut, Boss. Als ob du das nicht wüsstest.«

Er lachte leise. »Ertappt. Jahrelange Übung zahlt sich eben aus.« Er merkte, wie sie sich innerlich zurückzog.

»Die wievielte Kerbe ... oder zählst du schon gar nicht mehr mit?«

Sean stützte sich auf einen Ellbogen, strich ihr die verschwitzten Locken aus der Stirn, tupfte ihr kleine Küsschen auf die Wangen, die Mundwinkel, knabberte dann lange und zärtlich an ihren Lippen. Sie ließ es geschehen, blieb passiv.

»Maureen«, sagte er eindringlich, »denk nicht daran, was früher war. Es spielt keine Rolle. Keine der Frauen, mit denen ich Sex hatte, hat jemals einen bleibenden Eindruck bei mir hinterlassen. Du dagegen hast mich dazu gebracht, von dir zu träumen, bevor ich auch nur deine Hände berührt hatte. Was ist mit dir? Konnte ich mein Versprechen halten?«

»Welches Versprechen? Ich kann mich kaum erinnern, was du gesagt hast. Mein Verstand muss hier irgendwo sein, vielleicht macht er auch einen Ausflug auf dem See.«

»Dich jeden Mann vergessen zu lassen, den du vor mir in deinem Bett willkommen geheißen hast«, erinnerte er sie.

»Oh, das. Erwarte nicht, dass ich Victor vergesse, meinen ersten Mann, in jeder Beziehung. Auf die zweite Erfahrung hätte ich, wie gesagt, besser verzichten sollen.«

»Süßer Jesus!«, rief er aus und bekreuzigte sich. »Du hast

mir einen Engel beschert. Ich werde wohl doch wieder einmal eine Messe besuchen müssen.«

Seine respektlose Aussage löste zumindest ihre Verstimmung, für die er mit seiner vorherigen flapsigen Bemerkung ebenfalls verantwortlich war.

Sie grinste und stupste mit einem Finger in seine Schulter. »Häng jetzt nicht den Katholiken raus. Bei deinem unmoralischen Lebenswandel müsstest du längst exkommuniziert sein.«

»Das bin ich vielleicht, habe es nur nicht mitbekommen. Wie wäre es trotzdem mit einem Abendmahl? Ich bin ein klein wenig hungrig geworden bei all dem hier.«

»Ich kann mich dunkel erinnern, dass ich in der Küche war, als du aufgetaucht bist. Kann sein, dass ich dort gerade etwas vorbereitet habe. Lass uns nachschauen. Und zum Dessert …« Sie warf einen begehrlichen Blick auf sein bestes Stück.

»Vorsorglich habe ich einen kleinen Vorrat an Hütchen dabei. Man sagt mir sowohl ein gewisses Maß an Ausdauer als auch an wiederholbarer Einsatzfähigkeit nach.«

Wovon er sie in der Folge leider allzu selten überzeugen durfte, obwohl er zwischen seinen Touren mehr Zeit in Connemara verbrachte als jemals zuvor. Manchmal kam er erst mitten in der Nacht und fuhr schon am nächsten Abend wieder los. Zweimal fuhr Maureen nach Mullingar und einmal überraschte sie ihn sogar in Kilkenny.

Jetzt, ein halbes Jahr später, würde sie ihn endlich wieder als Dolmetscherin begleiten. Auf der Cork-Tour, die Elmer ihm bereitwillig überlassen hatte. Normalerweise erwarteten Ciara und die Kinder Elmer bereits in Clonakilty, um die erste Woche der Winterpause bei den McLearys zu verbringen. Worauf außer Polly und Finn niemand so richtig scharf war, und die beiden eher wegen der Zugfahrt nach Cork und dem ›Model Railway Village‹, als wegen Oma und Opa.

Sean hatte seine Eltern seit zehn Jahren nicht gesehen, seit er, statt sein Erbe anzutreten, nach Australien geflüchtet war, um dort nach Opalen zu schürfen. Eine Woche vor Finns Geburt war er zurückgekommen und hatte keine Sekunde gezögert, als Ciara ihn fragte, ob er Patenonkel werden wolle. Daraufhin hatten Patricia und George McLeary es abgelehnt, zur Taufe ihres Enkels nach Spiddal zu kommen.

Es war lediglich eine Option. Noch hatte er sich nicht endgültig entschieden. Vielleicht würde er Maureen sein Elternhaus nur von außen zeigen.

Das Letzte, was Maren von Leander Berger gehört, beziehungsweise gelesen hatte, war, dass er sich im Sommer ins Innenministerium hatte versetzen lassen, wo er im Bereich Sport tätig war. Das war, wie er Maren in Adare erzählt hatte, schon immer sein Ziel gewesen. Seine bisherigen Aufgaben im hessischen Ministerium für Soziales und Integration hatte seine Kollegin Christa Sauer, für die er in Limerick eingesprungen war, übernommen. Eine kurze E-Mail an ihren Büro-Account, in der er sich förmlich für die Zusammenarbeit bedankte, mit Kopie an Christa Sauer. Kein privates Wort.

»Eine elegante Lösung deines Problems«, sagte Ciara, als sie Tee und Scones ins Büro brachte, um einen kleinen Plausch mit Maren zu halten.

»Ich wusste gar nicht, dass ich eins hatte«, erwiderte Maren und fragte sich insgeheim, ob sie vielleicht nur etwas mit Leander angefangen hatte, um sich zu beweisen, dass sie nicht mit dem Sean-McLeary-Virus infiziert war. Doch damit hatte sie sich selbst belogen, denn es war längst zu spät gewesen. Außerdem hatte sie Leander wirklich gemocht, bis zu jenem ernüchternden Moment in Bushmills. Erst recht nach dem Fehler, zu dem sie sich in Dublin hatte hinreißen lassen.

»Ich habe lediglich eine Entscheidung korrigiert, sobald sie sich als falsch erwiesen hat. Das bringen sie uns auf der Bänkerschule bei, wie du die Goethe-Universität in Frankfurt immer nennst.«

»Warst du nicht auch in Oxford?«

Maren nickte. »Ein Dreivierteljahr. Hab dort meinen Master in Financial Economics gemacht.«

»Ich sag's ja, du bist völlig überqualifiziert für den mickrigen Job bei uns.«

»Vergiss nicht den Spaßfaktor. Und den Familienanschluss. Ist beides nicht mit Geld zu bezahlen. Außerdem liebe ich deine Scones.« Sie biss genüsslich in das süße Gebäck, das sie mit Butter und Marmelade bestrichen hatte.

»Liebst du auch meinen kleinen Bruder? Also nicht nur seine landesweit gepriesenen Qualitäten im Bett.«

»Das ist eine knifflige Frage, Ciara«, gab Maren mit dem verträumten Blick zu, den sie in den letzten Monaten immer bekam, wenn sie an Sean dachte. »Die wenige Zeit, die wir miteinander verbringen, findet größtenteils in der Horizontalen statt.«

Und in einigen anderen Stellungen, die sie nie für möglich gehalten hätte. Schon beim Gedanken daran zog sich ihr Unterleib lustvoll zusammen. Aber war das Liebe? Sie hatten gegenseitig jeden Zentimeter ihrer Körper erkundet und doch wussten sie kaum etwas voneinander. Beide vermieden es, über ihre Vergangenheit und erst recht über eine mögliche gemeinsame Zukunft zu sprechen. Vielleicht änderte sich das nach dem Ende der Saison.

Maren dachte daran, wie es gewesen war, als sie Victor kennengelernt hatte. Sie hatten sich stundenlang Anekdoten aus ihrem Leben erzählt, angefangen von Kindheitserinnerungen über erste Schwärmereien und darauffolgende Enttäuschungen, hatten von ihren Träumen und Hoffnungen gesprochen. Hatten sich während der ersten sechs Monate zwar intensiv geküsst, aber nur sehr zurückhaltend gestreichelt. Erst zwei Wochen vor ihrer Hochzeit hatten sie zum ersten Mal miteinander geschlafen. Sie sei schon nervös genug, hatte sie gesagt, und wollte nicht auch noch ständig an die Hochzeitsnacht denken müssen. Sie war dreiundzwanzig gewesen und noch Jungfrau. Victor wusste zumindest, was zu tun war und er war sehr einfühlsam gewesen.

Das war Sean auch, noch dazu äußerst versiert. Nie stellte er seine eigenen Bedürfnisse in den Vordergrund. Einmal hatte er gesagt, es bereite ihm mehr Vergnügen, ihre Lust zu befriedigen als seine eigene. Wenn er das wollte, bräuchte er nur selbst Hand an sich zu legen. Von Liebe war zwischen ihnen bisher nie die Rede gewesen.

Ciara räusperte sich und riss Maren damit aus ihren Gedanken.

»Öhm, es gibt Dinge, die gehen eine Schwester eigentlich nichts an, aber sag mir nur eins: Ist er wirklich so gut?«

»Sean ist ein Teufel, der dich direkt in den Himmel katapultiert. Mehrfach.«

»Äh, danke, keine weiteren Einzelheiten, bitte.« Ciara schlug verlegen die Augen nieder. Dann sah sie Maren ernst an. »Denk bitte daran, dass du ihm das Herz brichst, wenn du auch diese Entscheidung *korrigierst*. Schau mich nicht so skeptisch an. Ihr traut euch beide nicht, es zuzugeben.«

»Dann weißt du mehr als ich. Ganz ehrlich: Ich bin verrückt nach Sean, aber ich weiß nicht, ob ich in ihn verliebt bin. Sagt er etwas anderes?«

Ciara stieß die Luft durch ihre Zähne und schüttelte den Kopf. »Glaubst du, er wollte die Touren tauschen, weil Cork zwei Tage vor Wexford endet? Elmer hatte sich auf die Zusammenarbeit mit dir gefreut.«

»Ich mich auch, aber so haben Sean und ich etwas mehr Zeit miteinander.«

»Papperlapapp. Danach ist Winterpause, da kommt es auf die acht Tage nun wirklich nicht an. Würde mich nicht wundern, wenn Sean etwas ganz anderes im Schilde führt. Sei also bitte überrascht, wenn er mit dir nach Clonakilty fährt.« Als Maren sie überrascht anschaute, wedelte sie abwehrend mit den Händen. »Er hat nichts in der Richtung gesagt, Elmer und ich haben uns das nur zusammengereimt. Aber stell dich darauf ein, dass ihr, wenn alles gut läuft, getrennte Zimmer haben werdet. Unsere Eltern sind sehr katholisch.«

»Wie kommst du darauf, dass er mich euren Eltern vorstellen will? Er meidet sie seit Jahren wie die Pest, was ich nicht begreife.«

»Netter Versuch. Von mir erfährst du nichts, das soll er dir selbst erzählen.«

»Ich will nicht indiskret sein, aber es kommt mir manchmal so vor, als ob du dich auch nicht sonderlich auf die Besuche in Clonakilty freust, sondern sie eher als Pflicht siehst. Täusche ich mich?«

»Nun ja, die meiste Zeit verbringe ich mit meinen Schulfreundinnen. Die paar, die noch dort wohnen. Mehr sage ich nicht, ich will dich nicht beeinflussen. Mach dir selbst ein Bild, falls du unsere Eltern wirklich treffen solltest.«

Ciara schwieg und Maren hatte etwas zum Nachdenken. Dabei wollte sie sich eigentlich auf die Terminplanung für die nächste Saison konzentrieren. Es gab ein Gesetz, das vorschrieb, dass Busfahrer nach spätestens zehn Tagen mindestens einen Tag pausieren mussten. Daher dauerten die Rundreisen von ›Doyle & McLeary Bustours‹ nie länger als acht oder neun Tage. Elmer hatte normalerweise nach den Cork- oder Ostküstentouren mindestens zwei, manchmal drei Tage frei, die er mit seiner Familie verbrachte. Fuhr er zwei Connemara-Touren hintereinander, genügte auch ein Tag.

Also tüftelte sie an einem Plan, der es ihr ermöglichen sollte, wenigstens zwei Mal im Monat länger als nur ein paar Stunden mit Sean zusammensein zu können.

2.

Cork–Rundreise

Maren erinnerte sich allzu gut daran, wie Sean sie in Belfast gemaßregelt hatte, weil sie Leander bei seiner Ankunft am Flughafen vor aller Augen geküsst hatte. Also fragte sie auf der Fahrt nach Cork: »Wir müssen so tun, als seien wir nur Kollegen, nicht wahr?«

»Wie kommst du denn darauf?«

»Wegen Belfast. Du hast von einer *nicht besonders professionellen Vorstellung* gesprochen, als du mich wegen — du weißt schon — heruntergeputzt hast.«

»Das war eine völlig andere Situation, Maureen.«

»Ach, dann warst du also doch eifersüchtig?«

Sean warf ihr einen kurzen Seitenblick zu, setzte den Blinker und verließ den ersten Kreisverkehr in Richtung M 18. »War ich nicht.«

»Warum kannst du es nicht einfach zugeben?«

»Weil ich es zu diesem Zeitpunkt nicht *Eifersucht,* sondern *Besessenheit* genannt habe. Natürlich habe ich es darauf angelegt, dich in *mein* Bett zu bekommen; ich wollte dich besitzen, auf alle mir bekannten Arten und ein paar mehr, die ich mir noch nicht vorstellen konnte. Das war alles, woran ich dachte, mehr wollte ich nie von einer Frau. Gott, du warst so heiß und schienst es nicht einmal zu wissen, gabst dich umso unnahbarer, je mehr ich dich reizte. Eine Herausforderung, nachdem ich gewohnt war, immer ein leichtes Spiel zu haben. Und du warst mir gegenüber ganz schön kratzbürstig.«

»Das hattest du verdient. Ich fand deine ständigen sexuellen Anspielungen einfach widerlich.«

»Trotzdem hast du dir vorgestellt, wie es …«

»Lass gut sein, Sean«, unterbrach sie ihn unwirsch. »Es reicht. Ich habe dir eine einfache Frage gestellt. Bekomme ich eine klare Antwort?«

Sie waren erst kurz hinter Galway, würden noch knapp drei Stunden bis Cork brauchen. Vor ihnen lagen neun Tage und acht Nächte, auf die sie sich beide gefreut hatten. Wieso stritten sie plötzlich? Das erste Mal, seit sie zusammen waren. War es vielleicht doch ein Fehler? Nicht nur die Tour, sondern das ganze letzte halbe Jahr. Maren biss sich auf die Unterlippe.

Sean lenkte den Bus auf einen Parkstreifen neben der Autobahn und hielt an. Er schaltete den Motor ab, glitt vom Fahrersitz und ging neben ihr in die Hocke. Legte seine Hand auf ihre Schulter.

»Maureen«, sagte er. »Schau mich an, Maureen.«

Sie tat es. Er sah sie ernst an. Oder vielleicht traurig? Nein. Und wieso auch?

»Ich habe gesagt, ich hätte es damals lediglich *Besessenheit* genannt, und das war es auch. Aber ebenso wahr ist: Ich war rasend vor Eifersucht. Nur habe ich das erst erkannt, als du weg warst. Also bin ich sofort nach Ende meiner Tour zu dir gekommen. Und habe es seither keine Sekunde bereut. Hörst du? Keine Sekunde.« Er vergrub die Finger seiner anderen Hand in ihren Locken, übte einen leichten

Druck aus, der ihr Gesicht näher an seines brachte. »Wirst du mich beißen, wenn ich dich jetzt küsse?«

»Probier's doch einfach aus«, sagte sie schnippisch. Wenigstens hoffte sie, dass es schnippisch klang. Sie lechzte förmlich nach seinen Küssen. Vor allem nach denen, die sich zu Beginn wie Schmetterlingsflügel anfühlten, zu Samt und Seide wurden, schließlich zu einem heiß lodernden Feuer. Genau so war sein Kuss jetzt. Sie seufzte wohlig, merkte, dass seine Lippen sich zu einem Lächeln verzogen und löste sich von ihm.

»Du spielst mit mir«, sagte sie mit einem Anflug von Enttäuschung.

»Das würde ich nur zu gern, aber dann kommen wir nie rechtzeitig nach Cork. Die Antwort lautet: Keine Intimitäten zwischen Guides und Gästen. Das ist oberstes Gesetz bei Doyle & McLeary; übrigens das einzige. Elmer sagte damals ›wenn du dich nicht daran hältst, bist du draußen‹, und dass er meinem Wort vertraue. Ciara bestand darauf, es schriftlich festzuhalten, und hat gedroht: ›Mit dem Wisch verklagen wir dich, wenn uns je zu Ohren kommt, dass du deinen Hosenstall nicht geschlossen halten konntest‹. So viel zum Vertrauen zwischen Geschwistern. Nun, ich konnte sie verstehen, schließlich eilte mir ein gewisser Ruf voraus. Da es also keine weiteren Einschränkungen gibt, bedeutet das, dass jegliche Art von Intimitäten zwischen den Guides«, er deutete auf sie und sich, »legitim sind. Selbstverständlich nicht vor den Augen der Gäste. Also alles, was über Händchenhalten, Arme um die Schultern legen und harmlose Wangenküsschen hinausgeht, findet hinter der verschlossenen Tür unseres Zimmers statt. Wenn es nach mir geht, jede Nacht. Hast du sonst noch Fragen?«

»Nein. Im Moment nicht. Du kannst jetzt weiterfahren.«

Er küsste sie noch einmal, stand auf und setzte sich wieder hinter das Steuer.

»Und Sean?«

»Ja, mein Engel?«

»Mach das nicht nochmal.«

»Dich küssen? Dir die reine Wahrheit sagen? Ich hasse Lügen.«

»Mit meinen Gefühlen spielen.«

»Wie wir hörten, war Ihr Flug etwas stürmisch«, übersetzte Maren Seans Begrüßungsworte, nachdem die Gruppe, diesmal aus Sachsen, im Bus Platz genommen hatte. »Daher werden wir, bevor wir unser Hotel in Cork beziehen, zunächst an der Innenstadt vorbei nach Midleton fahren. Dort hat die Jamesons Destillery ihren Sitz, die einen der besten Whiskeys auf dem internationalen Markt herstellt. In einer guten halben Stunde werden Sie sehen, wie das vonstattengeht, etwas über den ›Angel-Share‹ erfahren, die Gabe an die Engel, und natürlich ist in der Führung auch eine Verkostung beinhaltet.«

An dieser Stelle brandete Applaus auf.

»Wir werden Sie nicht davon abhalten, einen Vorrat für Zuhause zu kaufen, wir bitten Sie nur, das Trinken während der Fahrt und der Besichtigungen zu unterlassen«, fuhr sie fort. »Es wäre doch schade, wenn Sie unsere schöne Grüne Insel völlig vernebelt in Erinnerung behielten. Gegen trockene Kehlen haben wir Wasser für Sie dabei, zu einem Euro die Flasche. Sie können sich jederzeit bedienen, außer während der Fahrt, bei der Sie zu Ihrer eigenen Sicherheit auf Ihrem Platz bleiben sollten. Vorzugsweise angeschnallt, da wir nicht immer auf gut ausgebauten Straßen unterwegs sein werden.«

Natürlich wären sie auch dann nach Midleton gefahren, wenn der Flug der ruhigste in der Geschichte der zivilen Luftfahrt gewesen wäre. Jamesons gehörte zum Programm, und es war besser, dieses Ziel gleich zu Anfang anzufahren, statt ihre Gäste am letzten Tag direkt nach dem Frühstück zu einer Whiskey-Verkostung zu bringen und sie womöglich angesäuselt in den Flieger steigen zu lassen.

Bei der Führung mit einer Angestellten der Brennerei fungierte Maren als Dolmetscherin, während Sean vor der Tür einige Telefonate führte. Danach ging er in den Raum, in dem die Verkostung stattfand, an der weder er noch Maren teilnahmen.

Der Weg zum Ausgang führte natürlich durch den Verkaufsraum, in dem nicht nur Whiskey und Schokolade — mit und ohne Alkohol — angeboten wurden, sondern auch T-Shirts, Jacken und Schirme mit Jameson-Logo, Gläser, Tassen und diverse andere Touristenartikel.

»Sie haben vierzig Minuten Zeit, sich hier umzuschauen«, sagte Maren. »Sie sind selbstverständlich nicht verpflichtet, etwas zu kaufen, aber es hat auch niemand etwas dagegen. Wenn Sie Hilfe brauchen, rufen Sie mich. Ich stehe gleich dort drüben. Wir treffen uns spätestens am Bus und fahren dann direkt zum Hotel.«

Dort angekommen, lud Sean das Gepäck aus und Maren verteilte an der Rezeption die Zimmerschlüssel, wie vor fünf Monaten in Belfast.

»Falls Sie Fragen haben oder Unterstützung brauchen, finden Sie Sean und mich im zweiten Stock, Zimmer 237. Falls wir nicht dort sein sollten, unsere Handynummern stehen in Ihren Unterlagen, Sie können uns also jederzeit erreichen. Wir sehen uns um sieben Uhr im Restaurant zum Abendessen. Donnerstags gibt es hier immer ein Büffet, von dem Sie frei wählen können. Ich bin sicher, dass für jeden etwas dabei ist.«

»Das Hotel ist wohl ausgebucht, wenn Sie beide sich ein Zimmer teilen müssen«, sagte ein feister Herr in mittleren Jahren mit enttäuschtem Unterton. Rechnete der sich etwa Chancen bei ihr aus?

»Wir müssen nicht, wir tun das freiwillig, Herr Seibert«, sagte sie lächelnd. »Tatsächlich wollten wir das so.«

»Aha, verstehe.« Er nickte knapp, schnappte sich seinen Koffer und ging zum Lift.

Aus dem Augenwinkel nahm Maren eine auffallend geschminkte, nicht mehr ganz taufrische Frau wahr, deren Blicke zwischen Sean, der inzwischen hereingekommen war, und ihr hin- und herflogen. Dann verzog sie süffisant die Lippen und beeilte sich, den Lift zu erreichen, bevor dessen Türen sich schlossen.

Sie berichtete Sean davon, als sie wenig später ihr Zimmer bezogen und fragte, ob sie sich das vielleicht nur eingebildet hätte.

Er winkte ab. »Das kommt immer wieder mal vor. Ich hatte schon nächtlichen Besuch mit sehr eindeutigen Absichten, einmal sogar von einem Mann. Bei diesem Seibert hast du ganz richtig reagiert. Bleib einfach freundlich, geh auf Distanz, dann erledigt sich das meist von selbst. Dass wir ein gemeinsames Zimmer haben, schützt dich zusätzlich.«

»Und was schützt mich vor dir?« Sie schmiegte sich in seine Arme.

»Ich habe den Eindruck, dass du gar nicht geschützt werden willst.« Er küsste sie auf seine unnachahmliche Art. Maren bedauerte, dass ihnen nur wenige Minuten blieben, wenn sie rechtzeitig im Restaurant sein wollten.

Dort waren mehrere Tische zu einer Tafel zusammengeschoben, an der die ganze Gruppe Platz fand. Zwischen Hauptspeise und Dessert sagte eine ältere Dame, die ihnen gegenübersaß, plötzlich: »Sie beide sind ein ganz bezauberndes Paar und so verliebt. Sie sind noch nicht lange verheiratet, nicht wahr?«

»Oh, wir sind nicht verheiratet«, antwortete Maren leicht verlegen, schaute zu Sean und übersetzte auf seinen fragenden Blick hin die Vermutung ihres Gastes.

»Just tell her *not yet*, Darling«, sagte er lächelnd, fasste nach ihrer Hand und küsste die Innenfläche. Die verborgene, rasche Berührung seiner Zunge schickte einen Stromstoß durch ihren Körper.

»You better shouldn't do that«, flüsterte sie, dann etwas lauter an ihren Gast gewandt: »Noch nicht.«

»Warum lässt du sie glauben, wir stünden kurz vor der Hochzeit?«, fragte sie Sean, als sie allein waren. »Du lügst doch sonst nicht. Behauptest du jedenfalls.«

»Das war keine Lüge, nur eine theoretische Möglichkeit. Wenigstens sind wir jetzt beide vor eventuellen unmoralischen Angeboten sicher.«

»Du kennst Worte wie *unmoralisch*?«, neckte Maren ihn, nur um nicht darüber nachzudenken, was sie bei ›theoretische Möglichkeit‹ empfand. Sie konzentrierte sich lieber darauf, welche Gefühle seine Berührungen in ihr auslösten. Die hatten rein gar nichts mit Moral zu tun.

Am nächsten Tag standen mehrere Besichtigungen in Cork City auf dem Programm. Das erste Ziel war das Elisabeth Fort.

»Das Fort wurde 1601 erbaut und Sie werden feststellen, dass sein Grundriss dem Charles Fort in Kinsale gleicht, das wir morgen besuchen werden«, erklärte Sean während der Fahrt dorthin. »Im 17. Jahrhundert wurden in ganz Europa sternförmig angelegte Festungen gebaut. Man versprach sich davon einen besseren Schutz vor feindlichen Kanonenkugeln. Von 1817 bis 1837 wurden hier irische Strafgefangene interniert, bis man sie nach Australien deportierte. Hundert Jahre später, während des irischen Unabhängigkeitskrieges, diente das Fort als Stützpunkt für britische Soldaten, die gegen die IRA kämpften. Schauen Sie sich in Ruhe das Museum an, und wenn Sie Fragen haben, stehen wir Ihnen jederzeit zur Verfügung.«

Nach einem Abstecher zum ›Red Abbey Tower‹, im 13. Jahrhundert aus rotem Sandstein erbaut, besuchten sie den im Zentrum von Cork gelegenen ›English Market‹, der kürzlich sein 230-jähriges Bestehen feierte.

»Sie haben zwei Stunden Zeit, sich umzusehen, und ich kann Ihnen jedes Bistro oder Restaurant wärmstens empfehlen«, sagte Sean noch im Bus. »Wir treffen uns pünktlich um halb zwei Uhr wieder hier am Eingang, um zum ›Cork City Gaol‹ zu fahren. Dort können Sie den Strafvollzug im 19. Jahrhundert hautnah erleben. Aber keine Sorge, ich weiß, wo die Zellenschlüssel hängen.«

»Ciara hat mir erzählt, dass sie hier Elmer kennengelernt hat«, sagte Maren, als ihre Gäste in kleinen Grüppchen in die Markthalle gegangen waren. »Hast du auch manchmal an eurem Verkaufsstand gearbeitet?«

»Lieber dort als in der Gärtnerei. Nicht nur wegen der weiblichen Kundschaft.« Er zwinkerte ihr zu. »Dreck unter den Fingernägeln hat mich schon als Kind gestört.«

Sean legte eine seiner gepflegten Hände an ihre Wange und küsste sie, nicht eben kurz, aber auch nicht lange genug. Nun, sie standen schließlich noch auf dem Bürgersteig. Ob es irgendwo dort drinnen eine ruhige Ecke gab? Sah nicht so aus.

Sie schlängelten sich durch die Menschenmassen in den Gängen, bis Sean an einer Ecke stehenblieb und auf einen Stand in etwa zwei Metern Entfernung deutete, an dem Pflanzen in unterschiedlichen Stadien ihrer Entwicklung verkauft wurden. Direkt gegenüber befand sich der von Ciara erwähnte Imbiss. Dann zog er sie in einen anderen Gang, schließlich zu einer Treppe, die zu einer Galerie an der Außenwand führte.

Oben gab es mehrere Cafés, alle gut besucht. Zu guter

Letzt ergatterten sie doch einen freien Tisch direkt an der Balustrade. Sean stellte sich an der Theke an und kam mit Kaffee und Apfelkuchen wieder. Maren riss sich von dem bunten Treiben in der Markthalle los und trank einen großen Schluck Kaffee, bevor sie sich dem riesigen Stück Kuchen widmete. Nach dem ersten Bissen verdrehte sie genussvoll die Augen.

Sean schmunzelte. »Der Beste in ganz Cork«, versicherte er und begann ebenfalls zu essen. »McLeary-Äpfel. Also zumindest stammen die Schösslinge von dort. Das Grundstück ist nicht groß genug für eine richtige Baumschule. Meine Schuld.«

»Weil du nach Australien abgehauen bist, statt dein Erbe anzutreten?«, fragte sie spontan. War das jetzt dünnes Eis?

Er warf ihr einen finsteren Blick zu, entspannte sich aber gleich wieder. »Ciara hat sich schon immer mehr für die Gärtnerei interessiert als ich. Der King hätte es natürlich viel lieber andersherum gehabt.«

Ciara hatte Maren erzählt, dass Sean als Zehnjähriger seinen Vater mit dem despotischen König Lear verglichen hatte und ihn seither nur so nannte. Sollte sie nachbohren oder es ihm überlassen, wann er ihr erzählen wollte, was damals wirklich passiert war? Falls er sie tatsächlich nach dem Ende der Tour seinen Eltern vorstellen wollte.

Nachdem Sean am nächsten Morgen das Gepäck im Bus verstaut hatte, fuhren sie nach Cobh, vormals Queenstown. Hier gingen 1912 die letzten Passagiere an Bord der Titanic, bevor sie nach New York auslief, das sie nie erreichte.

»Man gibt uns Iren gern die Schuld an allen möglichen Katastrophen«, sagte Sean, »doch mit dem Untergang der Titanic hatten wir nichts zu tun. Sie war perfekt, als sie Belfast verließ. Der einzige Fehler war, das stolze Schiff einem englischen Kapitän, einem schottischen Steuermann und einem kanadischen Eisberg zu überlassen.«

Einige der Gäste lachten, andere schauten pikiert. Dabei war das eine oft zitierte Aussage, die Maren schon von dem Guide am Trockendock in Belfast gehört hatte.

Sie wanderten auf dem Titanic Trail, besuchten das Heritage Center, das der irischen Diaspora gewidmet war und lauschten aus einiger Entfernung dem einzigen Glockenspiel Irlands an der weithin sichtbaren St. Colman Cathedral.

Maren bedauerte, dass sie nicht hineingingen. Es war Jahre her, dass sie mit Victor hier gewesen war, aber sie erinnerte sich noch gut an den prächtigen Innenraum mit den Säulengängen in romanischem Stil, an die keltischen Muster des Mosaikfußbodens im Mittelgang und die polychromen Seitenfenster. Vor allem aber an das kreisrunde, aus einzelnen Rosetten bestehende Fenster, das zu fast einem Drittel von den Spitzen der darunter stehenden Orgelpfeifen umrahmt war.

Danach ging es weiter nach Kinsale, ein Städtchen mit farbenfrohen Häusern, auch ›Gourmet-Hauptstadt Irlands‹ genannt. Ciara hatte versucht, in einem der Restaurants eine Reservierung für die Gruppe zu bekommen, doch es war bereits alles ausgebucht gewesen. Ihre Gäste waren jedoch zufrieden damit, sich die kleinen Handwerksläden anzuschauen und ihre Mittagsmahlzeit in verschiedenen Cafés einzunehmen.

Während des Rundgangs durch das auf einem Hügel oberhalb der Bucht gelegene Charles Fort erzählte Sean die ›blutige Legende der White Lady of Kinsale‹: »Kurz nach der Fertigstellung des Forts im 17. Jahrhundert war Colonel Warrander zum Kommandanten ernannt worden. Er hatte eine Tochter namens Wilful, und diese heiratete Trevor Ashford, einen Offizier ihres Vaters. An ihrem Hochzeitstag spazierten Braut und Bräutigam über die Zinnen und dabei entdeckte Wilful auf den Klippen außerhalb des Forts Blumen. Weil diese ihr so gut gefielen, bat sie ihren Bräutigam, ihr welche zu pflücken. Trevor war, obwohl sehr verliebt, nicht gerade begeistert von der Idee und außerdem schon reichlich angeschickert, machte sich aber trotzdem auf den Weg. Allerdings nur bis zum nächsten Wachposten, den er beauftragte, diese Blumen zu pflücken, während er solange die Wache übernehmen wollte. Also tauschten sie ihre Uniformen und der Soldat zog von dannen. Nun dauerte das Unterfangen aber länger als gedacht, und so war es kein Wunder, dass Trevor alsbald die Augen zufielen. Ihr erinnert euch sicher, worum ich euch am ersten Tag gebeten habe.«

Nachdem Maren übersetzt hatte, erzählte Sean weiter. »Nun aber zum blutigen Teil der Legende. In der Zwischenzeit wollte Colonel Warrander bei seinen Gästen ein bisschen damit angeben, wie gut er das Fort und seine Mannschaft im Griff hatte, also nahm er eine Handvoll von ihnen auf seinen Routine-Rundgang mit. Der führte natürlich auch zu der Stelle, an der sein Schwiegersohn seinen Rausch ausschlief. Als der vermeintliche Wachposten auch auf die Wiederholung seiner Frage nach der vereinbarten

Parole nicht reagierte, zog Warrander kurzerhand seine Pistole und erschoss ihn. Das war durchaus legitim, gefährdete ein unaufmerksamer Soldat doch die Sicherheit aller im Fort, und schließlich hätte es auch ein Spion sein können. Erst als man die Leiche wegbrachte, erkannte der Kommandant, dass er seinen eigenen Schwiegersohn erschossen hatte. Wilful, von dem Aufruhr angelockt, rannte, als sie ihren Frischangetrauten tot vorfand, außer sich vor Verzweiflung auf die Zinnen und stürzte sich die Klippen hinunter. Warrander wurde mit der doppelten Tragödie nicht fertig und erschoss sich kurz darauf selbst. Man sagt, dass Wilful auch heute noch in ihrem Hochzeitskleid über die Zinnen von Charles Fort wandert und nach ihrem Ehemann ruft.« Sean legte eine winzige Pause ein, fügte dann hinzu: »Zwar sind mir in den letzten Jahren keine Sichtungen mehr zu Ohren gekommen, aber es steht wohl fest, dass man die ›White Lady of Kinsale‹ am besten nach dem Genuss etlicher Pints of Guinness sehen kann.«

Geschichten dieser Art trugen viel dazu bei, dass Elmer und Sean bei ihren Gästen so beliebt waren. Zahlen, Daten und Fakten konnte man schließlich in jedem Reiseführer nachlesen.

Nach diesem Ausflug fuhren sie weiter nach Ballinspittle und von dort aus über die malerische Küstenstraße zur Timoleague Abbey, der Ruine eines Franziskanerklosters aus dem 13. Jahrhundert.

Die Nacht verbrachten sie in Rosscarbery. Im Dorf gab es nichts Besonderes zu sehen, wenn man von der in einem

Wald gelegenen Ruine von Castlefreke absah, die aber wegen Einsturzgefahr für Besucher gesperrt war. In den sechziger Jahren sollte das fünfzig Jahre zuvor durch ein Feuer zerstörte gotische Gebäude in ein Hotel umgebaut werden, doch wie so oft, ging den Besitzern das Geld aus, bevor auch nur ein Bruchteil der Arbeiten abgeschlossen war. Dass die Gruppe trotzdem in diesem Dorf übernachtete, lag einzig an seiner Nähe zum Drombeg Stone Circle, dem ersten Ziel des nächsten Tages — und dem überaus ansprechenden Celtic Ross Hotel.

Manchmal schickten sie ihre Gäste auch alleine los, etwa am Leuchtturm von Mizen Head, an der Barley Cove, wo selbst jetzt, nahezu Ende Oktober, einige Surfer auf den Brandungswellen ritten, oder bei der Besichtigung von Bantry House, dem vorerst letzten Ziel in County Cork. Der kleine Ort Glengarriff, wo sie die Nacht in einem Gästehaus verbringen würden, lag bereits in Kerry.

Die Betten quietschten gottserbärmlich, selbst wenn man sich nur auf den Rand setzte. Maren notierte umgehend ›andere Unterkunft für die nächste Saison‹ in ihrem Laptop und schickte einen kurzen Hinweis an Ciara. Solche Dinge wurden immer in der Winterpause erledigt: Verträge mit Hotels, Erkunden von alternativen Zielen, Vereinbarungen mit Restaurants, die sich für eine Mittagspause bei Zwischenstopps oder längeren Fahrstrecken anboten. In der Regel überschritten die reinen Fahrzeiten zwischen den einzelnen Zielen aber nur selten anderthalb Stunden.

Von Glengarriff aus fuhren sie mit einem offenen Boot nach Garinish Island, passierten dabei eine Seehund-Kolonie. Der Kapitän drosselte den Motor und fuhr in geringer Entfernung um die aus dem Wasser ragenden Felsen herum, gab so seinen Passagieren die Möglichkeit, Fotos zu machen. Die Seehunde schienen das gewohnt zu sein, fast bewegungslos lagen sie auf den Felsbrocken, nur wenige befanden sich im Wasser, schenkten dem Boot aber ebenfalls wenig Aufmerksamkeit.

Bis plötzlich von einem der Felsen ein seehund-typisches Bellen erklang. Maren hatte die beiden Tiere, die sich darauf befanden, gar nicht gesehen, da sie vollkommen reglos dort gelegen hatten und die Farbe ihres Fells sich nicht von der des Felsens unterschied. Nun jedoch näherte sich schwimmend ein drittes Tier, anscheinend in der Absicht, sich zu seinen Artgenossen zu gesellen. Diese wollten offensichtlich unter sich bleiben und schafften es, den unerwünschten Besucher mit Drohgebärden zu vertreiben. Kaum hatte jener sein Vorhaben aufgegeben und war abgetaucht, versanken die beiden ›Hausherren‹ sofort wieder in Unbeweglichkeit und damit in Unsichtbarkeit.

Auf der Insel ließen Maren und Sean ihre Gruppe nach eigenem Ermessen die Gartenanlagen erkunden. Sie selbst taten das auch und trafen dabei den einen oder anderen ihrer Gäste; am Seerosenteich vor dem Medici-Haus, im ummauerten Garten oder dem kleinen griechischen Rundtempel, der auf einer Anhöhe stand und von dem aus man einen herrlichen Blick auf die Bucht und den wilderen Teil des Parks hatte.

Am zweiten Tag in Killarney schickten sie ihre Gäste auf eigene Faust zu einem Stadtbummel und nutzten den freien Nachmittag auf ihre Weise. In diesem Hotel gab das Bettgestell keinen Ton von sich. Nur das Bettgestell.

Auf dem Rückweg von Killarney nach Cork verbrachten sie einen halben Tag in Blarney Castle, das über einen bezaubernden Park verfügte. Dort gab es einen kleinen Wasserfall, einen ›Druid Circle‹, eine ›Witches Kitchen‹, einen Elfenhain und nicht zuletzt die ›Wishing Steps‹, die aus zwischen zwei Felswänden eingefügten, unterschiedlich hohen Kalksteinblöcken bestanden. Der Legende nach soll man diese mit geschlossenen Augen hinunter und wieder hinauf gehen — manche behaupten, rückwärts. Dabei darf man weder anhalten noch an etwas anderes als den Wunsch denken, dann erfüllt sich dieser innerhalb eines Jahres.

Sean warnte die Gäste eindringlich, dass die Stufen oft glitschig seien und sie das auf eigene Gefahr täten.

»Hast du auch einen Wunsch, mein Engel?«, fragte er lächelnd, nachdem die Gruppe hinter den ersten Büschen verschwunden war.

»Keinen, den du mir nicht schon heute Abend erfüllen kannst, Teufel.«

»Dann werden gleich zwei Wünsche wahr.« Mit einem kurzen Blick vergewisserte er sich, dass niemand in der Nähe war, und küsste Maren ausgiebig. Das taten sie nie, solange jemand von ihren Gästen sie sehen konnte.

»Kinderüberraschung.« Maren amüsierte sich über Seans erschrockenen Gesichtsausdruck, zitierte in affektiertem Tonfall den Werbeslogan ›gleich drei Wünsche auf einmal! Spannung, Spiel und Schokolade‹, und erklärte: »Das ist ein Schokoladenei mit einer Plastikkapsel im Inneren, in der sich ein zerlegtes Spielzeug, ein Puzzle oder eine Comicfigur befindet. Letztere sind bei Sammlern sehr beliebt, weshalb man vor den Aufstellern oft mehr Erwachsene als Kinder ein Ei nach dem anderen schütteln sieht. Das Klappern lässt allerdings kaum Rückschlüsse auf den Inhalt zu. Man nennt es Ü-Ei, oder eben Kinderüberraschung.«

»Gut, dann werde ich Schokolade besorgen. Viel Schokolade. Ich werde sie auf dir schmelzen lassen und ganz langsam ablecken.«

»Hör auf. Sofort. Ich will auch welche. Am liebsten eiskalt. Ich werde mir ein Stück auf die Zunge legen und rate, was ich damit tun werde.«

»Ist das jetzt der Teil mit der Spannung? Besser gesagt, der Vorfreude.« Noch einmal küsste er sie, kurz aber heftig. »Was möchtest du jetzt gleich tun? Durch den Park spazieren oder den ›Blarney Stone‹ küssen? Für meinen Geschmack kannst du bereits allzu gut mit Worten umgehen.«

»Ach, nur mit Worten?« Sie lachte, als er sie *Hexe* nannte. »Lass uns lieber einen Kaffee trinken. Oder einen Cappuccino. Mit Sahne.«

3.

Clonakilty

Maren streckte sich auf dem Bett aus und verschränkte die Hände unter ihrem Kopf. Sie hatten dasselbe Zimmer wie an den ersten beiden Tagen in Cork. »Die Tour hat mir wirklich Spaß gemacht, einige Orte kannte ich schon, andere waren neu für mich. Aber ich freue mich auch auf Zuhause.«

Sean legte sich neben sie, einen Arm angewinkelt, den Kopf auf eine Hand gestützt, die andere lag auf seinem Oberschenkel. »Wir fahren nicht sofort zurück, sobald wir die Gruppe am Flughafen abgesetzt haben.« Sein Tonfall war neutral. Sein Gesichtsausdruck auch.

»Ach nein? Bleiben wir noch ein paar Tage in Cork?«

»Hast du Lust, dir Clonakilty anzuschauen, wenn wir schon einmal in der Nähe sind? Ich könnte dir ein paar der Lieblingsecken von Klein-Sean zeigen.«

Mehr nicht. Also fragte sie so beiläufig wie möglich: »Werden wir bei der Gelegenheit auch deine Eltern besuchen?«

Er nickte nur stumm.

»Was ist eigentlich zwischen euch vorgefallen?«

»Du gibst nicht eher Ruhe, bis ich es dir erzählt habe, nicht wahr?«

Diesmal nickte sie schweigend.

»Also gut. Bringen wir es hinter uns. Die McLeary Nursery hat eine lange Tradition in Clonakilty. Mich hat die Aufzucht von Pflanzen nie interessiert, das war schon immer Ciaras Ding. Dadurch kam sie in den Genuss von ›King Lears‹ Wohlwollen, wenn schon nicht seiner väterlichen Liebe. Ich habe dir im English Market den Stand gezeigt, an dem McLearys begehrte Setzlinge verkauft werden. Du weißt ja, dass Ciara dort Elmer kennengelernt hat, der damals den Linienbus zwischen Galway und Cork fuhr. Der King gab selbstverständlich seinen Segen zu ihrer Heirat; er hatte sowieso nie vor, seiner Tochter den Familienbetrieb anzuvertrauen. Zu diesem Zweck hatte er schließlich einen männlichen Erben gezeugt, auch wenn der seinen Erwartungen nur unzureichend bis gar nicht entsprach.«

Sean setzte sich auf, winkelte die Beine an und legte seinen linken Fuß auf das rechte Knie. Maren rutschte ans Kopfende des Bettes, lehnte sich dagegen und ließ die Hände in ihrem Schoß ruhen. Was er bisher gesagt hatte, wusste sie schon. Sie wartete schweigend. Er ließ sich Zeit. Eine Minute, vielleicht zwei.

»Als Kind habe ich mir oft gewünscht, ein Mädchen zu sein. Ich war etwa sieben, da habe ich Ciara angeboten, sie könne meinen ›Pi-Man‹ haben. Sie sagte, sie lege keinen Wert auf zwei Erbsen, die aus einer mickrigen Schote gefallen sind. Ich war tierisch beleidigt wegen ihres Vergleichs. Dabei war er damals ziemlich zutreffend. Monatelang habe ich mir das Hirn zermartert, um einen ehrenvolleren Namen für das zu finden, was mich zu einem Jungen machte. Egal, das ist ein anderes Thema.«

Sean grinste halbherzig, stand auf und ging zur Minibar. Er nahm eine Flasche Rotwein heraus und verteilte den Inhalt in zwei Gläser, von denen er eins Maren reichte. Dann setzte er sich in den Sessel vor dem Fenster und trank seines zur Hälfte aus.

Maren nahm nur einen kleinen Schluck und konzentrierte sich auf seine leise Stimme. Er zählte Fakten auf, beinahe emotionslos.

»Ich habe wirklich versucht, ein gehorsamer Sohn zu sein, aber die Gärtnerei wurde mir von Tag zu Tag mehr zuwider. Besser gesagt, die Pläne ihres Besitzers für sein Geschäft und seinen Erben. Dazu gehörte, mir den Betrieb zu überschreiben. Natürlich nur auf dem Papier, er hatte nie die Absicht, die Fäden aus der Hand zu geben. Als die Tinte auf der Urkunde trocken war, habe ich mit Geld vom Firmenkonto ein Ticket nach Australien gekauft und ging dort in die Opalminen. Anfangs lief es gut, ich habe ihm jeden Cent überwiesen, den ich gestohlen hatte. So nennt er es immer noch, weiß ich von Ciara. Natürlich hätte er mich am liebsten verhaften und einsperren lassen. Zu seinem Verdruss und meinem Glück kann ein Mensch nirgends so gut verschwinden wie im australischen Outback. Dann lief es nicht mehr so gut in den Minen und ich bin zurückgekommen, bevor all meine Ersparnisse aufgebraucht waren. Habe sie in die Bustours gesteckt. Der King wollte selbstverständlich nichts mehr mit dem missratenen Sohn zu tun haben, der es gewagt hatte, seinen ehrwürdigen Namen in den Schmutz zu ziehen und die Familientradition mit Füßen zu treten. Ich mit ihm sowieso nicht. Das ist im Grunde die ganze Geschichte.« Sean trank seinen Rotwein aus und stellte das Glas auf den kleinen Tisch neben dem Sessel.

»Was ist mit deiner Mutter?«

»Sie hat dem King vor dem Angesicht Gottes Gehorsam geschworen. Dieses heilige Versprechen würde sie nie brechen. Ich erinnere mich nicht, dass sie ihm jemals widersprochen oder Ciara und mich vor seinen Launen in Schutz genommen hat. Er wurde niemals handgreiflich, falls du das denkst, seine Mittel waren wesentlich subtiler, aber umso wirksamer.«

»Und jetzt möchtest du dich mit deinen Eltern versöhnen.«

»Falls das überhaupt möglich ist. Vielleicht versuche ich nur, eines Tages nicht gar so schuldbeladen vor ihrem Grab zu stehen.«

Maren schwieg, weil sie nicht wusste, was sie dazu sagen sollte. Es tut mir leid? Sie vermutete, dass das noch nicht alles war, dass er nur noch nicht bereit war, auch den Rest zu erzählen. Sie konnte warten. Irgendwann würde er es tun.

Der Besuch bei Seans Eltern glich einer Wanderung durch die Antarktis – barfuß, in Shorts und T-Shirt. Auf ihr Klingeln öffnete eine dürre Mittfünfzigerin die Eingangstür und bellte: »Wir brauchen nichts und wir geben nichts, zieht weiter, Tinker.«

Sean stellte flink einen Fuß in die Tür, bevor die Frau sie zuschlagen konnte, und musterte sie abschätzend. »Sie müssen Mistress Gibbs sein, die Haushälterin. Ich bin Sean McLeary, der Sohn des Hauses.« Er machte sich nicht die Mühe, Maren vorzustellen, legte aber seinen Arm um ihre Schultern.

Offensichtlich hatte die Frau seinen Namen schon einmal gehört, wahrscheinlich eher von Ciara als von ihren Arbeitgebern. Jedenfalls öffnete sie nun die Tür, führte Maren und Sean ins Esszimmer und verschwand sofort wieder, ohne einen Ton zu sagen.

Seans Eltern saßen sich gegenüber — an den Stirnseiten eines Tisches, an dem gut und gern zwölf Leute Platz gefunden hätten. In dessen geometrischer Mitte stand eine Gebäckschale und vor jedem von ihnen eine Teetasse, ein Milchkännchen und eine Zuckerdose. Maren fragte sich unwillkürlich, was sie taten, um an einen Keks zu kommen. Standen sie auf und gingen um den halben Tisch herum oder riefen sie nach Mistress Gibbs? Angesichts der antiken Einrichtung wäre eine Klingel passender, fand Maren, konnte aber keine entdecken.

Patricia McLeary musterte Sean wie einen Kontrahenten im Boxring. Oder bildete Maren sich das nur ein? Fürchtete diese Frau sich vielmehr vor der Reaktion ihres Mannes, falls sie es wagte, ihren Sohn, den sie vor zehn Jahren zum letzten Mal gesehen hatte, in die Arme zu schließen? Sie tat ihr leid, aber Sean noch viel mehr. Er gab sich Mühe, unbeteiligt zu wirken, was ihm nicht ganz gelang. Fiel das nur ihr auf?

George McLeary hatte lediglich einen finsteren Blick für seinen undankbaren, kriminellen und natürlich längst enterbten Sprössling übrig. Für Maren zeigte er kaum mehr Interesse, als er vielleicht gegenüber einem räudigen Straßenköter aufgebracht hätte, der auf seinem Perserteppich einen Platz zum Pinkeln suchte.

Da niemand sie aufgefordert hatte, Platz zu nehmen, standen sie nach minutenlangem, eisigen Schweigen noch immer auf halbem Weg zwischen Tür und Esstisch. Sean nahm

Marens Hand. Um ihr oder sich selbst Halt zu geben? Er stellte sich ein wenig breitbeiniger hin, richtete sich kerzengerade auf und hob das Kinn.

»Sir, Mutter, ich möchte euch Maureen vorstellen, die Frau, die ich heiraten werde.« Seine Stimme klang wie die eines Abgeordneten, der eine Gesetzesvorlage verkündet. Dabei drückte er kurz ihre Hand, schaute aber weiterhin in Richtung Esstisch. Trotzig? Entschlossen?

Maren rang um Fassung. Meinte er das ernst oder wieder nur als theoretische Möglichkeit? Es hörte sich anders an, als hätte er soeben einen Entschluss gefasst. Aber welchen? Sie sah seine Wangenmuskeln zucken, erwiderte seinen Händedruck und registrierte aus den Augenwinkeln den Blick, mit dem Seans Mutter sie bedachte.

Patricia McLearys Gesichtsausdruck war der einer Frau, die in einen glänzend roten Apfel beißt und feststellt, dass er innen komplett verfault und voller fetter, sich windender Würmer ist. Dann erklang die Stimme von Seans Vater, eiskalt und verächtlich.

»Wer bist du, der es wagt, in meinem Haus unaufgefordert sein Schandmaul aufzureißen? Einst hatte ich einen Sohn, den meine Pläne ebenso wenig interessierten, wie mich heute deine. Du siehst ihm ähnlich, das ist aber auch schon alles. Verschwinde aus meinem Haus und nimm dein Flittchen mit.«

»Nimm das sofort zurück«, zischte Sean wütend. »Du hast kein Recht . . .«

»In diesem Haus habe ich jedes Recht zu bestimmen, wer sich darin aufhält und wer nicht. Raus! Wage es nicht, noch einmal deinen Fuß über meine Schwelle zu setzen.« George

McLeary deutete mit einer herrischen Armbewegung auf die Tür. Seine Frau saß ihm reglos gegenüber und schien die Maschen der Häkeldecke zu zählen, die auf dem Tisch lag.

»Es tut mir leid, Maureen«, flüsterte Sean. »Ich hätte wissen müssen, dass es sinnlos ist, hierherzukommen.« Er drehte sich um, zog an ihrer Hand.

Sie rührte sich nicht von der Stelle.

»Mister und Mistress McLeary«, begann sie, weil sie nicht wusste, wie sie ihre potentiellen Schwiegereltern – darüber würde sie noch mit Sean reden müssen – sonst ansprechen sollte. »Vielleicht hat Ciara Ihnen erzählt, dass mein Ehemann vorletztes Jahr bei einem Unfall ums Leben kam. Wir hatten am Morgen eine kleine Meinungsverschiedenheit, nichts, was nicht mit ein paar Worten aus der Welt zu schaffen gewesen wäre. Sein Tod hat uns die Chance genommen, sie auszusprechen. Niemand kann die Uhr zurückdrehen oder die Zeiger nur für eine Sekunde anhalten. Wir alle haben immer nur diesen einen Moment, der nie wiederkehrt. Ihn ungenutzt verstreichen zu lassen, ist in meinen Augen die größte Sünde von allen.«

Sie wandte sich zu Sean, legte ihre Hand auf sein Herz und sah ihm in die Augen.

»Jetzt können wir gehen, Sean. Aber erst sollst du wissen, dass ich dich liebe und sehr gerne deine Frau werde.«

Der letzte Satz kam spontan, als sie den Ausdruck in seinem Gesicht sah. Wut und Schmerz. Und Resignation. Sie küsste ihn zärtlich auf den Mund. Er reagierte kaum.

Also drehte sie sich um und ging einen Schritt in Richtung der Tür zum Flur. Sean, der noch immer ihre Hand hielt, folgte ihr. An der Haustür holte seine Mutter sie ein, griff nach seiner anderen Hand.

»Dein Vater liebt dich, Sean. Hättest du ihn so enttäuschen können, wenn er es nicht täte? Geh zurück und erbitte seine Vergebung. Erfülle deine Pflicht und alles wird gut.«

»Es ist bereits alles gut, besser denn je. Dieser Mann dort drin war mir nie ein Vater, und ob du je eine Mutter warst … Die Tatsache, mich geboren zu haben, reicht dazu jedenfalls nicht aus.«

Er schüttelte ihre Hand ab und umschloss Marens umso fester. Dann öffnete er die Tür und sie gingen hinaus. Maren warf einen kurzen Blick über die Schulter und sah eine Frau, die in wenigen Minuten um Jahre gealtert schien. Die ihre Hand ausstreckte, aber nicht nach ihrem Sohn, sondern um die Tür zu schließen. *Mein Gott!*

Sean hatte den Bus um die Ecke geparkt, setzte sich aber nicht auf den Fahrersitz, nachdem sie eingestiegen waren, sondern in die erste Reihe. Zog sie auf seinen Schoß und vergrub sein Gesicht in ihrer Halsbeuge. Sie fühlte Feuchtigkeit auf ihrer Haut und strich ihm zärtlich über seine wie immer in alle Richtungen stehenden Haare.

»Ich hätte dir das ersparen sollen«, sagte er schließlich heiser.

»Nein, du musstest das tun. Für dich, aber auch für mich. Bei deinem ersten Besuch im Büro hast du mich gebeten, dich nicht *Mister McLeary* zu nennen, weil dich das an deinen Vater erinnern und deine Laune verschlechtern würde. Nach dem, was ich eben erlebt habe, hast du dich damit mehr als zurückhaltend ausgedrückt. Bitte verzeih mir, dass ich dich je so angesprochen habe.«

»Was hätte ich einer Angestellten gegenüber sonst sagen sollen? Mein Erzeuger ist ein Kotzbrocken? Wir kannten uns gerade mal zehn Minuten.«

»Jedenfalls kann ich jetzt besser verstehen, dass du nach Australien abgehauen bist. Dublin, selbst England, wären nicht weit genug weg gewesen, nicht wahr? Darf ich dich noch etwas fragen?«

Er nickte, hielt aber weiter seinen Kopf an sie gepresst.

»Hattest du wenigstens eine schöne Kindheit? Ich meine, sie waren doch bestimmt nicht immer so – kaltherzig.« *Grausam träfe es eher.*

Sean lachte bitter auf. »Als ich herausgefunden habe, was ein Mann und eine Frau tun müssen, um ein Kind zu bekommen, konnte ich kaum glauben, dass sie sich sogar zweimal berührt hatten, noch dazu auf so intime Weise. Natürlich nur, um den Fortbestand des Namens McLeary zu gewährleisten, nachdem der erste Versuch leider nur ein Mädchen hervorgebracht hat. Aber ich hatte, bis ich zwölf war, trotzdem eine sehr schöne Kindheit. Selbstverständlich nicht in diesem Wachsfigurenkabinett, sondern nebenan, bei den Kennedys. Ian und Jane hatten vier Kinder und ich war quasi das fünfte. Beantwortet das deine Frage?«

Er hob den Kopf und sah sie mit verschleierten Augen an. So aufgewühlt hatte sie ihn noch nie gesehen. Sie erkannte Wut und Enttäuschung, aber auch Entschlossenheit.

»Dann lass uns jetzt diese Kennedys besuchen«, schlug sie vor.

Er schüttelte den Kopf. »Sie wohnen seit über zwanzig Jahren nicht mehr hier.«

Da sie nicht wusste, was sie sagen sollte, strich sie ihm sanft über die feuchten Wangen. Ganz langsam änderte sich sein Gesichtsausdruck, wurde weich, und ein klein wenig hoffnungsvoll. Zaghaft fragte er: »Hast du das vorhin ernst gemeint? Dass du mich liebst?«

»Ist mir gerade bewusst geworden. Und du? Willst du mich wirklich heiraten?«

»Das war so nicht geplant, ich hätte zuerst dich fragen müssen. Ich wusste nicht, was ich sonst sagen sollte. Aber ja, das ist genau, was ich will.«

»Stimmt, ich hätte mir schon gewünscht, dass du mir die Frage aller Fragen auf eine etwas traditionellere Weise stellst. Du musst nicht gleich auf die Knie fallen oder einen Blumenstrauß kaufen, aber . . .«

Er rieb sich über die Augen und legte seine Hände an die Seiten ihres Kopfes, verzog kurz seine Mundwinkel zu einem halben Lächeln. »Vielleicht sollte ich dir nicht ausgerechnet jetzt die Ohren zuhalten.« Er vergrub seine Finger in ihren Locken.

»Zuerst eine andere Frage. Wenn ich bei dir bin oder nur an dich denke, wird meine Brust eng und bläht sich gleichzeitig auf wie ein Heißluftballon, sodass ich den Boden unter meinen Füßen nicht mehr spüre. Mein Bauch ist eine dunkle, eiskalte Höhle, in der Feuerkreaturen ihr Unwesen treiben; mein Hals scheint in einem Schraubstock zu stecken und ich kann kaum atmen. In meinem Kopf summt es, als hausten drei Bienenvölker darin — so habe ich mich nie zuvor gefühlt. Vollkommen wehrlos und dennoch unbesiegbar. Ist das Liebe?«

Jetzt musste sie auch lächeln. »Ja, Sean, das alles klingt verdächtig nach Liebe.«

»Also ist es wahr: Ich liebe dich. Maureen Lang, willst du meine Frau werden?«

»Ja, Sean, das will ich. Und jetzt darfst du deine Braut küssen.« Sie legte sanft ihre Lippen auf seinen Mund und diesmal reagierte er. Ausgiebig. Zärtlich zuerst, dann intensiver, schließlich mit unverhohlener Leidenschaft.

»Wenn wir so weitermachen, riskieren wir eine Anzeige wegen Erregung öffentlichen Ärgernisses«, sagte sie irgendwann atemlos. »Du kennst doch bestimmt ein Hotel in der Nähe.«

»Sogar eins mit Zimmerservice.« Er schmunzelte. Wegen ihres skeptischen Blickes? »Nur vom Hörensagen. Gib mir drei Minuten, zukünftiges Eheweib, sonst verhaften sie mich, sobald ich aus dem Bus steige.«

Zwanzig Minuten später standen sie an der Rezeption des Clonakilty Park Hotels. Auf Seans Frage nach einem Doppelzimmer sagte die Empfangsdame: »Wir sind leider komplett ausgebucht. Nur die Honeymoon-Suite ist noch frei.«

»Das trifft sich sogar sehr gut«, sagte Sean mit einem zärtlichen Seitenblick auf Maren. »Ich habe dieser fantastischen Frau gerade einen Heiratsantrag gemacht. Und was das Wichtigste ist, sie hat *ja* gesagt.«

Sie nahmen die Glückwünsche entgegen, machten dem Namen ihrer Suite alle Ehre und verließen sie die nächsten

beiden Tage nicht mehr. Der Zimmerservice war ausgezeich-
net und auch sonst blieben keine Wünsche offen.

George und Patricia McLeary wurden mit keinem Wort
erwähnt.

4.

Winterbraut

Sobald Elmer seinen Bus vor dem Haus geparkt und Ciara begrüßt hatte, zeigte sie ihm eine WhatsApp von Sean.

> over + out 4ever

»Ich habe ein paar Mal angerufen, aber er geht nicht dran«, sagte sie. »Maren auch nicht.«

»Was erwartest du? Sie werden Besseres zu tun haben, als zu telefonieren. Offenbar waren sie wirklich in der Höhle des Drachen. Wie ich sehe, hast du bereits die Koffer gepackt.«

»Die Nachricht kam vorgestern Abend. Hab mir schon gedacht, dass sie es keine drei Tage aushalten. Du kennst doch Sean.«

»Ich kenne auch den King.« Elmer hatte Seans Bezeichnung sofort übernommen, da er sie äußerst treffend fand. Er wunderte sich nur darüber, dass sein Schwiegervater seine Enkel halbwegs zu mögen schien. Finn vor allem, der es liebte, kleine Pflänzchen in der Erde zu vergraben. Dumm, dass er ein Doyle und kein McLeary war. Seine Tochter duldete er, Elmer ignorierte er weitgehend, und in seiner Frau sah er kaum mehr als ein Möbelstück, bestenfalls jemanden, der dafür sorgte, dass das Haus sauber war und sein Essen pünktlich auf dem Tisch stand. Sean existierte praktisch nicht mehr, seit er sich den dubiosen Plänen des Kings widersetzt hatte. Nun hatte er anscheinend nicht nur seinen Status als Erbe, sondern auch als Sohn verloren.

Kein Wunder also, dass Elmer die kurzen Pflichtbesuche bei seinen Schwiegereltern zwischen zwei Touren dem längeren Aufenthalt im November vorzog.

So fragte er auch nicht lange, als Ciara an ihrem zweiten Tag in Clonakilty gegen Mittag aus der Küche gestürzt kam und grimmig sagte: »Elmer, wir fahren nach Hause. Unsere Kinder holen wir unterwegs in der Gärtnerei ab.«

Er sah zu, wie sie ihre Sachen wahllos in die Koffer stopfte, trug diese wortlos zum Auto und verabschiedete sich von seiner Schwiegermutter, die wie eine Marmorstatue auf einem Küchenstuhl saß. Nur ihre Finger bewegten sich, mit denen sie die Perlen ihres Rosenkranzes abzählte.

»Ciara, was ...?«, fragte er vorsichtig, als er den Motor anließ, aber sie knurrte nur: »Jetzt nicht.«

Polly und Finn verkündete sie strahlend, sie dürften den Tag im Railway-Village verbringen, wie sie es sich gewünscht hatten. In ihrem Jubel bekamen die beiden den verachtenden Blick gar nicht mit, den ihre Mutter ihrem Opa zuwarf. Elmer schon, der auf dem Weg zum Auto leise fragte, ob sie wirklich zuerst zu den Modelleisenbahnen fahren würden oder doch gleich nach Hause.

»Lassen wir sie eine oder zwei Stunden dort toben, es wird sowieso bald regnen. Ich lüge doch unsere Kinder nicht an, nur weil ...« Sie brach ab und wandte sich Finn zu. »Komm, Spätzchen, lass dich anschnallen.«

»Baby kann nicht schnallen«, sang Polly, »aber ich kann!«

»Bin kein Baby«, protestierte Finn und knuffte seine Schwester in die Seite. »Ich bin vier!«

»Ja, vier Finger und bald kommt noch der Daumen dazu«, stimmte Ciara ihm zu.

Finn reckte seinen Daumen hoch. »Fünf und eins, dann darf ich auch in die Schule, ätsch.«

»Selber ätsch«, sagte Polly. »Bis dahin bin ich längst in der dritten Klasse.«

»Gebt Ruhe, ihr beiden, sonst überlegen wir uns das mit dem Railway-Village noch mal«, mischte Elmer sich ein und schlagartig war Ruhe.

Kurz darauf rannten die beiden von einer Miniaturstadt zur anderen, liefen den dazwischen fahrenden Zügen hinterher oder lehnten sich über die Dächer einer Häuserzeile, um sich einen dort aufgebauten Markt anzusehen.

Elmer und Ciara folgten ihnen langsamer, behielten sie nur im Blick, ohne ihren Übermut zu bremsen. Als ein leichter Nieselregen einsetzte, setzten sie Polly und Finn in die Kindereisenbahn, die unablässig über das Gelände fuhr. Dann stellten sie sich unter das Vordach der Haltestelle, um auf das Ende der Runde zu warten. Elmer legte seinen Arm um Ciaras Schulter und rieb sanft über ihren Arm.

»Verrätst du mir jetzt, was passiert ist?«

Sie sah ihn an, lehnte sich an seine breite Brust und seufzte leise. »Sag, Elmer, waren meine Eltern schon immer so? So eiskalt und selbstgerecht?«

»Sie sind nicht gerade die liebevollsten Menschen, die

ich kenne«, sagte er vorsichtig. »Manchmal frage ich mich, warum wir sie überhaupt besuchen. Es kann nicht mehr lange dauern, bis unsere Kinder merken, dass ihre Oma und ihr Opa sie gar nicht so gern haben, wie sie jetzt noch glauben. Versteh mich nicht falsch, ich will damit nicht sagen, deine Eltern wären böse . . .«

»Doch, das sind sie«, unterbrach ihn Ciara. »Böse und menschenverachtend. Meine Mutter hat mir immer leidgetan, weil sie sich meinem Vater kommentarlos unterordnet, aber sie ist genauso selbstherrlich wie er. Wie konnte ich nur so blind sein? Sean hat es immer gewusst, aber ich habe ihm nie geglaubt, habe gedacht, er übertreibt.«

Elmer nahm seine Frau fest in die Arme. Ciara atmete tief durch und sah zu ihm auf. Er küsste die Tränen von ihren Wangen.

»Weißt du, was sie zu mir gesagt hat? ›Ich habe meinem Mann zwei Kinder geboren. Eine Tochter, die so getan hat, als würde sie sich für das Geschäft interessieren, sich aber vom erstbesten Busfahrer verführen ließ. Jetzt lädt sie ihre Brut bei uns ab, um sich ungestört mit ihren Freundinnen und wer weiß, wem sonst zu amüsieren. Und einen diebischen Sohn, der glaubt, er könne sein vor Jahren verspieltes Erbe doch noch in die Finger bekommen und es zu Geld machen, um seinen gotteslästerlichen Lebenswandel zu finanzieren. Der es plötzlich für nötig hielt, uns mitzuteilen, dass er eins von seinen Flittchen heiraten wird. Bestimmt hat sie sich ein Kind von ihm machen lassen. Und diese Hure besaß die Unverschämtheit, *mich* zu verunglimpfen und eine Sünderin zu nennen. Sie hat uns den Tod gewünscht, und ihn dazu aufgestachelt, seine eigene Mutter zu beleidigen und von sich zu stoßen‹. Ich kann nicht glauben, dass sie von Maren sprach.« Ciara lehnte ihren Kopf an seine Brust.

»Von wem denn sonst? Und Maren hat bestimmt kein einziges abfälliges Wort gesagt. Du kennst sie, so ist sie nicht. Mich überrascht viel mehr, dass Sean ihr tatsächlich einen Antrag gemacht hat. Falls das überhaupt stimmt.«

»Das zumindest würde Mutter sich nicht aus den Fingern saugen.« Sie sah erneut zu ihm hoch und Elmer bemerkte, dass ihre Stimmung umschlug. »Glaubst du, Maren ist schwanger?«

»Woher soll ich das wissen? Ich hatte nicht meine Hände dazwischen. Möglich wäre es. Aber das hätte sie dir bestimmt gesagt. Ihr erzählt euch doch auch sonst alles.«

»Vielleicht hat sie es erst während der Tour gemerkt.« Plötzlich strahlte Ciara und rief: »Meine Güte, Elmer! Mein kleiner Bruder heiratet und Maren wird meine Schwägerin. Wir müssen sofort nach Hause, wir haben eine Hochzeit zu planen!«

»Bevor wir eine Zeitungsanzeige in Auftrag geben, sollten wir Anteile einer Taschentuchfabrik kaufen. Seans Ex-Freundinnen setzen bestimmt halb Irland unter Wasser, wenn er endgültig vom Markt genommen wird. Die Aktien gehen durch die Decke und wir können einen neuen Bus kaufen.«

»Du bist unbeschreiblich albern, Elmer Doyle. Ich liebe dich. Was hältst du davon, wenn Maren und ich gleichzeitig ein Baby bekommen?«

»Jetzt bist *du* albern. Wie soll das denn gehen, wenn sie schon schwanger ist und du nicht? Oder hast du Geheimnisse vor deinem Herrn und Gebieter?« Elmer drohte ihr scherzhaft mit dem Finger.

»Quatsch. Fast gleichzeitig, eben. Zwei oder drei Monate spielen doch keine Rolle.«

»Dann lass uns die schon geborenen einsammeln und nach Hause fahren, damit ich mich darum kümmern kann. Und um die Aktien natürlich.«

Immerhin war es ihm gelungen, Ciara zum Lachen zu bringen. Polly und Finn waren alles andere als begeistert, da es aber nun heftiger regnete, stiegen sie doch ins Auto. Die ersten Kilometer maulten sie noch, erst lautstark, dann immer leiser, schließlich schliefen sie ein.

Ciara schrieb Maren trotz Elmers Protests eine WhatsApp, bekam aber, wie zuvor von Sean, keine Antwort.

Maren und Sean schalteten ihre Smartphones erst wieder ein, nachdem sie in ›The Ferns‹ eingetroffen waren. Sean ignorierte die verpassten Anrufe von Ciara. Sie musste inzwischen wissen, dass kein Kalb für den verlorenen Sohn geschlachtet worden war, und er erinnerte sich nur ungern an den kurzen Auftritt im Hause McLeary.

»Ciara fragt, ob ich schwanger bin«, riss Maureen ihn aus seinen trüben Gedanken und hielt ihm ihr Smartphone unter die Nase. Seine Schwester wollte auch wissen, ob es stimmte, dass sie heiraten würden.

Er konnte selbst kaum glauben, dass er je den Wunsch nach Sesshaftigkeit und Treue verspüren würde, vor allem nach Treue. Aber das war vor Maureen. Seit er sie kannte, hatte er kein Bedürfnis mehr nach seinen gewohnten, allzu leichten Eroberungen — nun ja, nicht von Anfang an. Da hatte er schon noch mit der einen oder anderen angebändelt, bis er erkannte, dass er bei jeder Frau nur an sie dachte. Sogar, wenn seine jeweilige Gespielin nicht die geringste Ähnlichkeit mit seiner Schattenelfe hatte.

Allmählich gewöhnte er sich an die Vorstellung, dass er bald Ehemann sein würde. Freute sich sogar darauf, sagen zu können: ›Maureen, meine Frau‹. Aber gleich Vater werden? Das war eine ganz andere Größenordnung. Es machte ihm Angst.

»Wahrscheinlich glaubt Ciara, dass ich nur unter Zwang vor den Altar trete. Bist du es?«, fragte er so gelassen wie möglich und entspannte sich schlagartig, als sie den Kopf schüttelte.

»Das wüsstest du längst. Ich habe noch nie die Pille vergessen. Willst du vorsichtshalber wieder auf Gummis zurückgreifen? Andererseits …«

Ihr Blick war alles andere als begeistert und ja, er mochte sie auch nicht mehr, seit er festgestellt hatte, dass die Bezeichnung ›gefühlsecht‹ eine glatte Lüge war. Seither hatten sie Dinge getan, die mit Überzug schlicht unmöglich waren. Berauschende Dinge. Er könnte schon wieder, wenn er nur daran dachte.

»Willst du es überhaupt?«, fragte er vorsichtig und versuchte, sie sich mit einem Baby in ihren Armen vorzustellen. Vielleicht seine Tochter, die ihre blaugrauen Augen hatte. Die auf seinen Schoß krabbeln und ›Dada‹ zu ihm sagen würde. Irgendwann. Bitte nicht schon jetzt.

»Und ob ich will, du verruchter Teufel. Aber kein Kind, noch nicht. Nur dich. Komm, ich zeig dir, wie und wo ich dich haben will.«

Sean kam ihrer Aufforderung nur zu gern nach. Seine fantasievolle Schattenelfe konnte sogar ihn noch überraschen. Von wegen Engel!

Am nächsten Morgen fuhr Sean nach Oughterard, um die fälligen Wartungsarbeiten am Bus zu besprechen und die Vorräte aufzufüllen, die nicht auf den Feldern der O'Brians wuchsen oder auf den Weiden umhersprangen. Unterdessen kümmerte Maren sich um die Wäsche. Viel war es nicht, weil sie den Reinigungsservice im Park-Hotel in Anspruch genommen hatten. Wenn sie sich schon zwei dekadente Tage gönnten, käme es darauf auch nicht mehr an, hatte Sean gemeint. Und das Trinkgeld von der sächsischen Reisegruppe war unerwartet üppig ausgefallen.

Da es ein trockener Tag zu werden versprach, hängte Maren die frisch gewaschenen Kleidungsstücke im Vorgarten auf. Sie schloss den Knopf an einer von Seans Jeans und zog den Reißverschluss hoch. Dachte daran, was sie nach dem Frühstück getan hatten und genoss das Kribbeln in ihrem Bauch. Das lustvolle Ziehen einer rundum befriedigten Frau, die schon wieder an das nächste Mal denkt.

Dieser Mann — ihr Mann — war unglaublich. Sex mit Victor war sehr schön gewesen, sanft und zärtlich und voller Liebe. Nur ein klein wenig frivol. Sie hatte nie etwas vermisst, kannte ja nichts anderes. An Leander dachte sie nur flüchtig. Schließlich war die ganze Affäre nur von sehr kurzer Dauer gewesen. Woran sie sich deutlich erinnerte, war der spontane Gedanke *Gott sei Dank*, als sie Sean das erste Mal nackt gesehen hatte, unendlich erleichtert, dass er nicht so monströs gebaut war wie Leander Berger.

Sean konnte mit seinem — und ihrem — Körper in unbeschreiblicher Weise umgehen und laberte sie währenddessen, was das zweitwichtigste war, nicht sinnlos voll oder gab seltsame Geräusche von sich, wenn er kam. Natürlich waren sie nicht stumm, aber wenn sie sprachen, dann in ganzen, verständlichen Sätzen.

Manchmal dachte sie daran, mit wie vielen Frauen Sean seine Fähigkeiten als Liebhaber schon trainiert hatte und verspürte einen Anflug von Eifersucht. Sie wollte so gern glauben, dass jede seiner Bettgenossinnen nur ein Zeitvertreib gewesen war und sie die erste Frau, die er wirklich liebte. Ein kleiner Rest Zweifel blieb, auch wenn er nicht zwanghaft hinter jedem Rock her war. Beispielsweise würde er auch ohne die vertragliche Vereinbarung keinem seiner weiblichen Gäste eine etwas intensivere Betreuung zukommen lassen. Solche Eskapaden waren ihm zu kompliziert.

Aber was, wenn eine X-beliebige es darauf anlegte, und er sich darauf einließ, quasi im Vorbeigehen, ohne groß darüber nachzudenken? Alte Gewohnheiten waren nicht so leicht abzulegen. Würde sie damit umgehen können? Was war zum Beispiel mit dieser Brigid, die er schon sein ganzes Leben lang kannte und die, wie sie im März auf Finns Geburtstagsfeier mit eigenen Augen gesehen hatte, eindeutig mehr war als *nur* eine gute Freundin? Er erwähnte nie ihren Namen. Traf er sich heimlich mit ihr und hatten sie dann Sex? Ein schrecklicher Gedanke.

Zu viele Fragen, zu wenig Antworten. Die einzige Gewissheit war, dass sie sich ein Leben ohne ihn nicht mehr vorstellen konnte. Und das war fürs Erste Grund genug, ihn zu heiraten. Außer dem Hauptgrund natürlich: weil sie ihn wirklich liebte. Dabei hätte sie ihn, als er das erste Mal in ihr Büro spazierte, am liebsten auf den Mond geschossen. Das allein bewies doch, dass ein Mensch sich ändern konnte, oder?

Sie hörte einen Traktor den Weg heraufkommen, trat an die kniehohe Bruchsteinmauer und winkte Anton O'Brian zu. Er war mehr als nur ihr Nachbar. Seine Frau Moira und er waren immer für sie da gewesen, hatten ihr in ihrem Schmerz nach Victors Tod beigestanden, sie quasi adoptiert.

Er hielt an, lächelte und fragte: »Alles in Ordnung, Maren?«

Mehr nicht. Jeder andere hätte vielleicht zuerst ›schön, dass du wieder da bist‹ gesagt, aber das war ja offensichtlich und daher keiner Erwähnung wert. Anton und Smalltalk waren unvereinbare Gegensätze. Er registrierte alles, sprach aber nur, wenn er etwas zu sagen hatte.

»Ich könnte deine Hilfe brauchen, Anton«, sagte sie, einem spontanen Einfall folgend.

»Was ist kaputt?«, fragte er sofort und stellte den Motor ab.

»Gar nichts. In ›The Ferns‹ ist alles bestens.« Sie ließ ihm eine Minute Zeit, aber er sagte nichts, schaute sie nur an, also fiel sie gleich mit der Tür ins Haus: »Ich hätte dich gern als Brautführer, Anton. Es gibt noch keinen genauen Termin, Sean und ich haben uns gerade erst entschieden.«

Er zog überrascht eine Augenbraue hoch, lächelte, nickte kurz und sagte: »Gut. Sag mir, wann.« Dann warf er den Motor wieder an und fuhr weiter.

Maren sah ihm nach. Ein bisschen mehr hätte sie schon erwartet. Ein ›Glückwunsch‹ vielleicht. Aber das hätte er nur gesagt, wenn sie einen Pokal errungen oder Geburtstag gehabt hätte, eine reine Absichtserklärung war für Anton kein Gratulationsgrund.

Als sie kurz darauf wieder einen Motor hörte, diesmal den eines Autos, das in ihre Einfahrt einbog, dachte sie erst, Sean sei zurück. So früh schon? Aber es war Ciara, die auf sie zustürmte und ihr um den Hals fiel.

»Wo kommst du plötzlich her?«, fragte Maren perplex. »Ihr solltet in Clonakilty sein.«

»Und du solltest deine WhatsApp-Nachrichten beantworten. Sag schon, bist du's oder bist du's nicht?«

Maren verstand sie absichtlich falsch und es gelang ihr, ernst zu bleiben. »Natürlich bin ich es, in Fleisch und Blut. Ein Hologramm könntest du wohl schlecht halb zerquetschen.«

Ciara ließ sie los. »Verarschen kann ich mich selbst, liebste Freundin. Sag mir sofort, ob du wirklich ein Baby bekommst! Ich hab schon Elmer gebeten, unser drittes in Angriff zu nehmen. Damit wir sie wie Zwillinge aufziehen können.«

»Das war ein bisschen voreilig, Ciara. Ich bin nicht schwanger.«

»Oh — aber dann ...«

»Der Rest stimmt. Kam für mich auch überraschend, als Sean euren Eltern mitteilte, dass er mich heiraten will. Mich hat er erst hinterher gefragt, ob ich das auch will.«

Ciara schnaufte und nickte. »Ja, wer hätte gedacht, dass er das je tut? Und dann auch noch freiwillig. Ich muss mich erst mal setzen. Hast du zufällig einen Tee fertig?«

»Nein, aber ich kann einen aufsetzen.«

»Wo ist eigentlich mein Bruder, der kriminelle Erbschleicher?«

»In Oughterard, Windeln kaufen.« Maren lachte und ging in die Küche. Während sie darauf wartete, dass das Teewasser im Kessel kochte, lehnte sie sich auf das Brett der Durchreiche zwischen Hauptraum und Anbau. »Entschuldige, das konnte ich mir jetzt nicht verkneifen.« Dann wurde sie schlagartig ernst, als sie Ciaras mühsam beherrschten Gesichtsausdruck sah. »So schlimm?«

»Schlimmer. Ich will gar nicht wiederholen, was die Frau gesagt hat, die behauptet, unsere Mutter zu sein.«

»Oh Ciara, es tut mir so leid.«

»Das muss es nicht, du kannst ja nichts dafür. Aber ich wüsste schon gern, was du zu ihnen gesagt hast, sie hat nämlich kein gutes Haar an dir gelassen.«

Maren versuchte, zumindest sinngemäß, alles zu wiederholen, auch, wie und mit welchen Worten Sean sich verabschiedet hatte. Dass er später in der Honeymoon-Suite gesagt hatte, er sei jetzt Vollwaise und fühle sich befreit. Dann schwiegen sie eine Weile und tranken Tee, den Maren in der Zwischenzeit aufgebrüht hatte.

»Vergessen wir die McLearys von Clonakilty.« Wie Ciara es sagte, klang es wie ein Adelstitel. Der eines Tyrannen. »Wahrscheinlich werden Polly und Finn die Zugfahrten und das Railway-Village mehr vermissen als Oma und Opa.«

»Warum gleich so radikal?«, fragte Maren. »Ich meine, für mich sind es Fremde, aber es sind immer noch deine Eltern. Sie haben schon ihren Sohn verloren, musst du ihnen auch noch die Tochter nehmen? Und die Enkel gleich mit?«

»Sie haben Sean nicht verloren, sie haben ihn selbst vertrieben, schon vor langer Zeit. Ich habe geglaubt, dass alles von unserem Vater ausging, aber unsere Mutter ist genauso herzlos. Ich will nicht wiederholen, was sie über mich und Elmer gesagt hat.« Ciara atmete ein paarmal tief durch, schüttelte sich kurz und strahlte Maren an. »Hey, ich bekomme bald eine neue Schwägerin! Lass uns über eure Hochzeit sprechen, das ist ein viel angenehmeres und interessanteres Thema. Fang mit seinem Antrag an. Hat er sich niedergekniet?«

»Das tut er öfter, aber das geht dich nichts an.« Maren lachte. Dann erzählte sie, was sich sonst noch auf der Rundreise zugetragen hatte.

»Habt ihr schon einen Termin? Wegen der Anzeige und so.« Ciara berichtete ihr von Elmers Idee mit der Taschentuchfabrik. Sie malten sich aus, wie das Brautpaar in einem Boot auf dem Tränenfluss der Verschmähten aus der Kirche segelte, was einen regelrechten Lachkrampf auslöste.

In diesem Moment kam Sean mit einem prall gefüllten Pappkarton auf den Armen zur Tür herein. Anscheinend hatte er die letzten Sätze gehört, denn statt einer Begrüßung rief er: »Na, ihr traut mir ja was zu!«

Er kam zum Tisch und stellte den Karton darauf ab. »Ich gebe zu, kein Kostverächter gewesen zu sein, aber so schlimm war ich auch wieder nicht. Hallo Schwesterherz, welch unerwarteter Glanz in unserer Hütte.« Er umarmte Ciara kurz, wandte sich dann Maren zu. »Maureen, mein Engel. Ich habe mich extra beeilt, weil ich dachte, du vermisst mich, stattdessen sitzt du hier und biegst dich vor Lachen. Auf meine Kosten.«

»Ach, warst du weg?« Sie schmiegte sich an ihn und hätte den Kuss gern noch ein bisschen ausgedehnt, aber da war schließlich Ciara, die vernehmlich murmelte: »Lasst euch bloß nicht stören. Ich kann mich gern eine Weile zur Abkühlung nach draußen auf die Bank setzen. Ihr könnt mich ja rufen, wenn ihr eure Münder wieder frei habt.«

»Damit musst du rechnen, wenn du in das Haus von Jungverliebten eindringst.« Sean nahm eine Tasse vom Haken neben der Durchreiche, schenkte sich den letzten Rest Tee ein und trank ihn im Stehen, während er einen Arm um Maren legte.

»Natürlich habe ich dich vermisst«, sagte Maren, um sich von der bildlichen Vorstellung einer anderen Art von *eindringen* zu befreien. »Schmerzlich. Schau her. Siehst du meine Tränen?«

»Lachtränen sind ungültig«, behauptete er und stellte seine leere Tasse ab. »Ich hol dann mal die restlichen Einkäufe rein.«

Maren übernahm das Verstauen, damit die Geschwister sich ungestört unterhalten konnten. Darüber, was ihre Eltern zu Seans Ankündigung gesagt hatten, und warum Ciara fluchtartig ihr Elternhaus verlassen hatte. Einiges davon bekam sie mit. Schließlich brühte sie nochmal Tee auf und gesellte sich wieder zu ihnen.

»Eine Winterbraut«, sagte Sean. »Keine schlechte Idee.«

»Nein, eine Frühlingsbraut«, widersprach Ciara, »nach dem keltischen Kalender. Am 1. Februar ist Imbolc und das Fest der heiligen Brigid. Apropos Brigid ... oh, Maren. Du kommst genau richtig. Wir reden über euren Hochzeitstermin.«

»Und über Brigid.« Ein anderes, unliebsameres Bild: Sean und Brigid in Ciaras Küche, seine Hände auf ihrem Po. *Was war daran so harmlos, wie er behauptet?* Brigid auf Seans Schoß, wie sie ihn mit Kuchen füttert. Aoifes Worte: ›wir dachten alle, dass aus ihnen ein Paar wird, aber sie sind nur gute Freunde‹. Und hatte Ciara sich eben nicht ein bisschen zu schnell unterbrochen? »Was ist mit ihr?«

»Sie kam heute Morgen vorbei und wollte wissen, ob es stimmt, dass Sean heiratet.«

»Woher hat sie das denn?«, fragte Sean. »Wir sind erst gestern zurückgekommen und hatten noch gar keine Gelegenheit, es irgendjemandem zu sagen.«

»Sie sagte, Siobhans Cousine — Siobhan ist die Frau von Connor, Brigids jüngstem Bruder«, erklärte sie Maren die Zusammenhänge. »Also die Cousine ist Zimmermädchen im Clonakilty Park Hotel. Sie hat Siobhan angerufen, um ihr von dem süßen Paar zu erzählen, das in der Honeymoon Suite wohnt. Eine Nummer kleiner ging's nicht?«

»Nö«, sagte Sean lapidar. »Ich erinnere mich an ein Zimmermädchen namens Orla. Sie war nur ein Mal da, hat uns frische Handtücher gebracht und das Frühstückstablett mitgenommen. Aber die kennt doch weder mich noch Maureen.«

»Sie muss nur ins Meldebuch schauen, da stehen unsere Namen drin.«

Ciara nickte zu Marens Bemerkung. »Genau. Brigid sagte, sie hätte sich gefragt, ob dieser Sean McLeary — ›der heißeste Typ auf Erden‹, soll Orla gesagt haben — etwas mit der Nursery zu tun hätte, aber dann wäre er wohl kaum im Hotel abgestiegen. Und du hast der Empfangsdame von dem Heiratsantrag erzählt.«

»Ganz Irland ist ein winziges Dorf«, sagte Sean und streckte seine Hand nach Maren aus. »Was hältst du von Februar? Dezember wird ein bisschen knapp, im Januar erholen sich alle von Weihnachten und Ende März beginnt schon die nächste Saison. Kelten hin oder her, ich sähe dich gern als meine Winterbraut.«

»Willst du mein Schneemann sein? Mit Frack und Zylinder? Ganz in Weiß?« Maren sang ein paar Takte des alten Roy-Black-Schlagers, um Brigid für den Moment zu vergessen. *Eifersucht ist eine Leidenschaft, die mit Eifer sucht, was Leiden schafft.* Vielleicht sollte sie sich einfach irgendwann mit ihr treffen, um sich ihre Version der ›Freundschaft‹ mit Sean anzuhören.

»Was immer du willst, Liebste. Ich stecke mir auch eine Mohrrübe in die Nase. Moira hat bestimmt welche in passender Größe.«

»Ihr seid unerträglich albern«, sagte Ciara tadelnd. »Das ist ein durchaus ernstes Thema. Kommen wir zur Gästeliste. Vier Doyles, fünf, wenn wir Aoife mitrechnen. Fünf Kennedys. Wenn du Brigids Eltern einlädst, Sean, wovon ich ausgehe, kannst du ihren Bruder und seine Frau schlecht außen vor lassen. Deine drei Saufkumpane, nehme ich an? Gut. Du willst bestimmt Moira und Anton einladen?«, wandte sie sich an Maren. »Dachte ich mir. Nun zu deinen deutschen Freunden. Wie viele sind das?«

Maren zählte sie stumm an den Fingern ab. »Zehn. Sieben Erwachsene, zwei Teenager, ein Kind.«

Ciara nickte. »Ich brauche ihre Namen und Adressen, für die Einladungskarten. Hast du mal Block und Stift?«

»Wenn's unbedingt sein muss.« Maren erhob sich widerwillig von Seans Schoß, um das Gewünschte zu holen.

Als sie zurückkam, sagte Sean gerade: »Auf gar keinen Fall. Es reicht, wenn sie es in der Zeitung lesen.«

»War nur so eine blöde Idee mit der Karte. Du hast recht, ein Bruch ist ein Bruch.«

»Von wem sprecht ihr? Doch nicht von . . .«

»Genau von denen. Sie kommen natürlich nicht auf die Liste.« Ciara malte energisch zwei Striche auf das Blatt, obwohl noch gar nichts draufstand. »Fangen wir mit dem Brautführer an. Hast du einen Onkel, Cousin oder sonstigen männlichen Verwandten, der dich deinem Bräutigam übergeben kann? Falls nicht, könnte vielleicht . . .«

»Stopp«, rief Maren. »Schreib ›Anton O'Brian‹. Ich habe ihn gefragt, kurz bevor du hereingeschneit bist. Es ist dir doch recht, Sean?«.

»Natürlich. Ich mag Anton. Er hat deinen Victor gekannt, nicht wahr? Eine gute Wahl, mein Engel. Hat er nur genickt oder auch etwas gesagt?« Sean schmunzelte.

»Ganze vier Worte: ›Gut, sag mir wann‹. Dann hat er seinen Trecker angeworfen und ist weitergefahren.«

Sie setzte sich rittlings auf Seans Schoß und kuschelte sich in seine Arme. Fragte sich, wie sie ihn jemals für oberflächlich hatte halten können, ein sexbesessener Schürzenjäger, der nur an seinem eigenen Vergnügen interessiert war, nie einen Gedanken an jene verschwendete, die er zurückließ. *Nicht alles ist, wie es scheint.* Seans Hände glitten langsam ihren Rücken hinab. Er rutschte zur Vorderkante des Stuhls, lehnte sich zurück und streckte seine Beine aus. *Anderes wiederum fühlt man überdeutlich.*

»Ich glaube, ich sollte euch jetzt wirklich allein lassen. Ich kann ja schon mal mit der Liste beginnen, wir können sie später zusammen durchgehen«, sagte Ciara.

Maren nickte nur, ganz auf Sean konzentriert, seinen Duft nach Leder und Heu, die Hitze, die sein Körper ausstrahlte. Am Rande registrierte sie Ciaras Seufzer, gefolgt von den Worten: »Vielleicht mach ich erst noch einen kleinen Abstecher zum Nordpol.«

»Ich ruf dich an«, sagte Sean, sah dabei aber nicht seine Schwester an, sondern tupfte kleine Küsse auf Marens Hals, ihre Wangen und Mundwinkel. »Morgen oder so.«

Seine Hände lagen jetzt auf ihrem Po. *Oh — ja.* War Ciara schon weg? Sie hörte eine Autotür zuschlagen und einen Motor anspringen. *Gut.* Seans Griff wurde fester. *Sehr gut.* Sie wiegte sich genüsslich auf seinen Hüften.

»Darf deine Braut vielleicht erfahren, wann ihr großer Auftritt stattfinden soll?«, fragte sie ein wenig atemlos. »Nur, damit ich nichts anderes einplane und Anton Bescheid sagen kann.«

»Am 14. Februar. Damit ich nicht vergesse, dir Blumen zu schenken. Zwei Sträuße natürlich, einen für die Liebe und einen zum Hochzeitstag. Mit extra vielen Knospen. Einen dafür und einen dafür.«

Er presste seinen Mund erst auf ihre eine, dann auf ihre andere Brust und obwohl sie noch einen BH unter dem T-Shirt trug, fühlte sie eine sengende Hitze, die sich bis in tiefere Regionen ausbreitete.

»Einverstanden.« Sie keuchte leise auf. »Du darfst sogar einen Tulpenbaum pflanzen. Jetzt gleich. Zwischen meinen beiden großen Zehen.«

Dann sagten beide eine geraume Weile nichts mehr. Zumindest nichts, worin ein unbeteiligter Dritter einen Sinn erkannt hätte.

5.

Brigid

Es gibt drei Arten rechtsgültiger Eheschließungen in Irland. Da es, anders als in Deutschland, keine Meldepflicht gibt, kann man das Standesamt frei wählen. Oder sich einen der freien Solemniser aussuchen, die an jedem gewünschten Ort Trauungen durchführen. Und natürlich die Hochzeit in einer Kirche. Zwar waren weder Maren noch Sean eifrige Kirchgänger, doch eine rein weltliche Zeremonie kam für beide nicht infrage.

»Wenn ich schon heirate, dann vor Gott und nicht in einem nüchternen Büro oder an einem windigen Strand«, sagte Sean. »Du bist doch katholisch, nicht wahr?«

»Bin ich«, bestätigte Maren. »Victor war es nicht, deshalb haben wir nur standesamtlich geheiratet. Aber das Trauzimmer war recht hübsch, kein Büro. Und natürlich hatte ich ein richtiges Brautkleid. Hab's mit dem Großteil meiner Kleidung der Caritas gespendet, bevor ich hierher kam. Wie auch Victors komplette Garderobe. An welche Kirche hast du gedacht?«

»Normalerweise heiraten Paare in der Kirche, in der entweder Braut oder Bräutigam getauft wurden. Ich will aber weder nach Frankfurt fliegen und erst recht nicht nach Clonakilty fahren. Ciara hat bestimmt schon eine Liste. Sie könnte ihren Lieblingsbruder und seine Braut zum Essen einladen.« Sean grinste. »Ich ruf sie gleich an.«

»Sag, ich helfe ihr beim Kochen, dann kannst du in der Zeit mit den Kindern spielen oder mit Elmer über die nächste Saison reden.«

Ciara hatte tatsächlich mehrere Listen erstellt, zu allen möglichen Themen rund um die Hochzeit, denen sie sich nach dem Essen widmeten.

›Our Lady of the Valley‹, die nächstgelegene Kirche zu ›The Ferns‹, hatte sie von vornherein ausgeschlossen, denn wo hätten sie anschließend feiern oder gar ihre auswärtigen Gäste unterbringen sollen? In der ›St. Enda's Church‹ in Spiddal fanden am 14. Februar bereits zwei Taufgottesdienste statt und die Kathedrale in Galway war ihnen zu pompös. Schließlich schlug Ciara ›Christ the King‹ in Salthill vor.

»Die ist leicht zu erreichen und wir haben die Auswahl zwischen mehreren Hotels in der Nachbarschaft, in denen wir deine deutschen Freunde einquartieren können. Und natürlich einen Raum für die Feier mieten. Büffet, Menü oder a la carte? Halt, das klären wir später, erst die Kirche. Sie hat einen freistehenden Altar auf einem kreisrunden Podest, sodass nicht alle nur eure Rücken anstarren müssen.«

»Glaubst du nicht, dass das einigen Damen lieber wäre, als mir ins Gesicht zu sehen, während ich ihnen für immer abschwöre?«, neckte Sean seine Schwester. »Wir können keiner verbieten, uneingeladen in die Kirche zu kommen.«

»Falls du dich überhaupt an all deine Verflossenen erinnerst«, warf Maren ein und boxte ihm in die Rippen.

»Da siehst du es, Elmer: häusliche Gewalt noch vor der Ehe. Worauf habe ich mich nur eingelassen?«

»Du gewöhnst dich schon daran, Schwager. Vor allem an das Verarzten hinterher.«

»Hey!«, rief Ciara und schlug mit der flachen Hand auf den Oberarm ihres Mannes. »Was soll das denn heißen?«

Elmer grinste nur und rieb theatralisch die Stelle, als hätte er wirklich Schmerzen.

»Lass uns einfach morgen dort nachfragen«, kam Sean zum eigentlichen Thema zurück. »Wir kommen auf dem Weg nach Galway sowieso dran vorbei.«

»Ihr geht Ringe kaufen?«, fragte Ciara mit leuchtenden Augen.

Maren nickte eifrig. »So kann ich ihn noch ein paar Wochen als Verlobungsring tragen und wir müssen ihn am Tag der Tage nicht erst lange suchen. Es soll schon vorgekommen sein, dass Paare sich mit einem Schlüsselring behelfen mussten, weil sich nach dem Junggesellenabschied keiner erinnern konnte, wo die Schachtel mit den Eheringen abgeblieben war.«

»Oder weil der Trauzeuge des Bräutigams nach der Stag-Party seinen Rausch ausschlafen musste und nicht rechtzeitig in der Kirche war«, warf Elmer ein und zwinkerte Sean zu. »Übrigens habe ich schon ein paar Ideen zu diesem Anlass.«

»Du wirst dich schön zurückhalten, mein Lieber. Keine Mädels, die leichtbekleidet aus Torten hüpfen!«, rief Ciara im Befehlston.

»Dann aber auch keine Stripper auf deiner Hen's Party«, ermahnte Sean seine Braut.

»Spielverderber«, sagte Maren schmollend und flüsterte dann etwas in sein Ohr, das seine Augen aufleuchten ließ.

Bevor Ciara auf das Thema Ringe zurückkommen konnte, musste sie Polly und Finn davon abhalten, das Streuen von Blumen ausgerechnet mit dem für Silvester vorgesehenen Konfetti zu üben. Sie gab ihnen stattdessen einen kleinen Notizblock und es gelang ihr, sie zu überzeugen, dass die Blätter sich viel besser als Blütenersatz eigneten. Die könnten sie hinterher auch leichter aufsammeln und von Neuem beginnen.

»Vielleicht gelingt es mir, das Spiel direkt nach dem Einsammeln zu beenden«, flüsterte sie hoffnungsvoll, als sie sich wieder an den Tisch setzte.

»Träum weiter«, sagte Elmer nur.

»Hast du dich schon für einen bestimmten Ring entschieden?«, wandte Ciara sich an Maren. »Es gibt welche, bei denen der Reif ganz aus Keltenknoten geflochten ist. Oder willst du lieber ein klassisches Claddagh? Meiner ist natürlich ein Familienerbstück. Du weißt doch, dass es traditionell von der Mutter an die Tochter weitergegeben wird. Eines Tages wird Polly ihn bekommen.«

»Ich hoffe, sie lässt sich noch mindestens zwanzig Jahre Zeit damit«, seufzte Elmer. »Nicht nur, weil ich dir dann ein neues Fangeisen kaufen muss.«

Unterdessen bewunderte Maren Ciaras Ring, die ihre Hand flach auf den Tisch gelegt hatte: Ein herzförmiger Rubin, dessen Fassung aus goldenen Händen bestand; die drei Bögen der Krone waren mit winzigen Brillanten besetzt.

»Ich hätte schon gern ein Claddagh, es steht für alles,

was eine Ehe ausmacht. Die Hände für Freundschaft und Vertrauen«, sagte sie leise, »sie halten das Herz, das natürlich das Symbol für Liebe ist, und die Krone darüber bedeutet Treue.«

»Wir können zwei ganz schlichte nehmen, dann hätten wir gleichaussehende Ringe«, schlug Sean vor. »Ich werde auf keinen Fall etwas Verschnörkeltes tragen.«

»Ich bin überrascht, dass du überhaupt einen tragen willst«, meinte Ciara, wandte sich aber sofort an Maren: »Wie hast du ihn davon überzeugt, aller Welt zu zeigen, dass er nicht mehr zu haben ist?«

»Scht, Maureen, meine Schwester muss nicht alles wissen. Das bringt sie am Ende auf noch dümmere Gedanken, als sie eh schon hat.«

»Da hörst du es. Es gibt sicher welche, die zusammenpassen, ohne dass der Ring des Mannes allzu feminin wirkt. Bei der Auswahl an Juwelieren in Galway werden wir schon irgendwo etwas Geeignetes finden. Als ich mich letzten Monat mit Aoife getroffen habe, sind mir in einem Schaufenster welche aufgefallen, bei denen die Symbole nur graviert waren. Allerdings kann ich mich nicht mehr an den Namen des Geschäfts erinnern, schließlich habe ich zu dem Zeitpunkt nicht damit gerechnet, je wieder zu heiraten.«

»Trotzdem hast du dir Eheringe angeschaut?«, fragte Sean erstaunt.

»Du musst noch viel lernen, Bruder. Keine Frau läuft an einem Juweliergeschäft vorbei, ohne ins Schaufenster zu sehen. Auch wenn sie nicht die Absicht hat, etwas zu kaufen. Oder einen Mann dazu zu bringen, ihr Schmuck zu schenken. Ohrringe zum Beispiel.« Ciara sah ihren Mann bedeutungsvoll an. »Bald ist Weihnachten.«

Elmer reagierte nicht darauf, wandte sich stattdessen an Maren: »Weißt du, wie man das Claddagh trägt? Also was die Art und Weise jeweils ausdrückt?«

»Natürlich. Als Verlobte rechts, mit der Krone zur Fingerspitze, wenn man sicher ist, sich für den richtigen Mann entschieden zu haben, und wenn man es nicht ist, dreht man ihn mit dem Herzen nach außen. In Deutschland sagen wir: ›drum prüfe, wer sich ewig bindet, ob sich nicht noch was Bess'res findet‹. Eigentlich heißt es im Original: ›ob sich das Herz zum Herzen findet‹. Ist aus der ›Glocke‹ von Friedrich Schiller. Habt ihr vielleicht schon mal gehört.«

Elmer nickte. »Weiter im Text. Trägst du als Verheiratete das Herz zur Fingerspitze, heißt das ...«

»... ›ich bin zwar schon vergeben, aber versuch ruhig, mich von deinen Qualitäten zu überzeugen‹, und andersherum: ›spar dir die Mühe‹. Und im Gegensatz zu den deutschen Gepflogenheiten wird hier der Ehering, egal, wie er aussieht, links getragen.«

»Natürlich, weil das die Herzseite ist«, sagte Ciara. »Wieso trägt man ihn in Deutschland rechts?«

»Vielleicht wegen der Angewohnheit, sich bei jeder Gelegenheit die Hände zu schütteln, da sehen alle gleich, woran sie sind. Könnte ich mir wenigstens vorstellen.«

»Gut, die Prüfung hast du bestanden«, sagte Ciara zufrieden. »Und dass du ja nicht Sean dein Kleid zeigst!«

»Natürlich nicht, oder glaubst du, ich will jetzt noch ein Unglück heraufbeschwören?«

»Ich habe dir schon gesagt, dass mich dein Kleid gar nicht interessiert. Nur das, was drinsteckt.« Seans Blicke wanderten über Marens Körper und sie fragte sich nicht zum ersten Mal, ob er mit seinen Augen Laserstrahlen aussenden konnte. Oder elektrischen Strom. »Darfst du mir eigentlich bei der Anzugsuche helfen, oder ist das auch tabu?«, fragte er dann.

»Nicht, dass ich wüsste. Außerdem kann ich so sicherstellen, dass wir zueinanderpassen. Also rein optisch. Beim Rest bestehen ja keine Zweifel.«

»Ach, da bin ich mir plötzlich gar nicht mehr so sicher, mein Engel. Wir sollten es unbedingt noch einmal testen, ja?«

»Könntest du vielleicht einfach nur sagen, dass ihr jetzt nach Hause wollt?«, brauste Ciara auf. »Haut bloß ab, ich kann euer ständiges Herumturteln nicht mehr ertragen.«

»Aber Schatz, mich bringt das durchaus auf die eine oder andere Idee«, warf Elmer ein und ließ seine Augenbrauen auf und ab hüpfen. »Ihr zwei könntet unsere Sprösslinge ins Bett bringen, bevor ihr verschwindet. Lasst euch dabei ruhig ein, zwei Stündchen Zeit, damit wir vor Störungen sicher sind.«

»Das ist eine hervorragende Idee«, stimmte Ciara ihm zu und sah dann Maren und Sean an. »Viel besser, als euer fadenscheiniges Angebot, mir beim Abwasch zu helfen. Los, macht euch ein einziges Mal wirklich nützlich!«

Beide verzichteten dankend auf die Ehre und verabschiedeten sich rasch.

Beim vierten Juwelier fanden sie endlich Ringe, die ihnen beiden gefielen. Für Maren ein klassisches Claddagh in mattem Weißgold, das fast wie Platin wirkte, ohne Steine. Die Hände gingen in eine geflochtene Ringschiene aus poliertem Gelbgold über. Dazu einen ebenso breiten, aber glatten Goldring für Sean, mit einem reliefartig stilisierten Claddagh.

Obwohl Maren ihren gern anbehalten hätte, stimmte sie letztlich doch dem Angebot zu, beide Ringe gleich gravieren zu lassen, und protestierte, weil Sean auf ›Maureen‹ bestand anstelle von ›Maren‹. »Wenn du schon einen Ring mit meinem Namen trägst, dann mit meinem richtigen. Wie du den aussprechen willst, ist deine Sache.«

Zu ihrer eigenen Überraschung konnte sie sich mit diesem Argument durchsetzen. In zwei Tagen könnten sie die Ringe abholen, versprach die Verkäuferin.

»Lass uns nach dem Marathon einen Kaffee trinken gehen, bevor du mich zum nächsten, übernächsten und noch drei weiteren Herrenaustattern schleppst«, bat Sean, als sie das Geschäft verließen.

»Könnte ja sein, wir finden schon im ersten Laden etwas Passendes. Aber Kaffee ist immer eine gute Idee. Ich weiß auch schon, wo. Ist gleich hier um die Ecke. Da treffe ich mich öfter mit Elmers Schwester Aoife. Die haben sehr leckere Scones, die sie warm servieren. Mit Sahne und Marmelade.«

»Das klingt nach Verführung, mein Leckermäulchen. Damit rennst du bei mir offene Türen ein.« Er lächelte, küsste sie kurz, aber intensiv, und legte dann seinen Arm um ihre Schultern. So gingen sie die wenigen Schritte zu dem Café.

Obwohl es ein sonniger Tag war, konnte man natürlich nicht mehr draußen sitzen. Sie fanden einen Tisch am Fenster, von dem aus sie die Leute auf der Straße beobachten konnten, wenn sie das gewollt hätten, was nicht der Fall war.

Daher zuckte Maren zusammen, als kurz nachdem die Kellnerin ihnen Cappuccino, Scones mit Butter, Marmelade und einer extra großen Portion Sahne serviert hatte, plötzlich jemand heftig an die Scheibe klopfte. Sie drehte ihren Kopf und sah – Brigid, die Sean anstrahlte. Abrupt sah Maren zu ihm, registrierte sein erfreutes Lächeln und dass er Brigid auffordernd zuwinkte. Diese nickte eifrig und keine Minute später stand sie an ihrem Tisch. Beugte sich zu Sean hinunter und küsste ihn herzhaft.

Auf den Mund. Maren kochte.

Brigid setzte sich, lächelte Maren unbefangen an und fragte: »Du bist Maureen, nicht wahr? Wir haben uns schon einmal gesehen.«

»Auf Finn Doyles Geburtstagsfeier«, knurrte Maren zornig. »Warum setzt du dich nicht gleich wieder auf seinen Schoß?« Mit einer knappen Kopfbewegung deutete sie auf Sean. »Tu dir keinen Zwang an. Ich lass euch gern allein.«

Jede andere hätte beleidigt reagiert oder zumindest irritiert geschaut. Brigid dagegen lachte vergnügt, während Sean nach Marens Hand fasste und leise, aber eindringlich »Maureen, bitte« sagte.

»Du bittest mich um gar nichts!« Sie wollte ihm ihre Hand entreißen, doch Sean drückte nur noch fester zu.

»Doch, das tue ich. Weil ich ein höflicher Mensch bin und dir anscheinend nicht bewusst ist, wie unangemessen du dich verhältst.«

»Steck dir deine Höflichkeit sonst wohin. Lass mich sofort los, du tust mir weh.«

»Das weiß ich. Im Gegensatz zu dir. Du tust mir nämlich auch weh. Und du gehst nirgendwohin. Du wirst hierbleiben und zuhören, was Brigid dir zu sagen hat.«

»Spar dir deinen Befehlston. Es interessiert mich einen feuchten Kehricht, was deine angeblich beste Freundin meint, mir sagen zu müssen.«

»Sagen will, Maureen«, korrigierte Brigid gelassen. »Ich bin nämlich freiwillig hier und wie ich sehe, ist es höchste Zeit, einige Dinge klarzustellen.«

Maren funkelte erst sie, dann Sean an. »Was ist das hier? Ein abgekartetes Spiel? Was bezweckt ihr damit?« Dann wandte sie sich wieder an Brigid: »Und nenn mich nicht Maureen! Mein Name ist Maren. Maa-ren. Soll ich es dir buchstabieren?«

»Kürzlich hast du mich gefragt, ob ich eine schöne Kindheit hatte«, sagte Sean leise, aber eindringlich. »Ich habe dir geantwortet, die hätte ich im Haus von Jane und Ian Kennedy gehabt. Darf ich vorstellen: Brigid Kennedy.«

Jetzt wurde es Maren doch ein wenig ungemütlich. Brigid bestellte unterdessen Tee. Und Scones. Ohne Sahne. Nur mit Butter. Keine Marmelade.

Sean lockerte seinen Griff um Marens Hand, aber sie verspürte kein Bedürfnis mehr, sie ihm zu entziehen, auch dann nicht, als er sagte: »Du hast recht, mein Engel, das hier ist ein abgekartetes Spiel. Ich habe Brigid vorhin, als du auf der Toilette warst, eine SMS geschickt und sie gebeten, herzukommen. Du neigst leider immer noch dazu, mir bei gewissen Dingen zu misstrauen, als ob ich dich jemals belogen hätte.«

»Das stimmt so nicht«, widersprach Maren. »Du beantwortest jede meiner Fragen, als ob du vor Gericht stündest. Dabei beschränkst du dich auf das Notwendigste und bevor du ungefragt etwas von dir preisgibst, schweigst du lieber. Jetzt versteckst du dich sogar hinter deiner sogenannten besten Freundin. Zu welchem Zweck?«

»Vor allem wegen deiner völlig unbegründeten Eifersucht. Brigid ist wie eine Schwester für mich, mehr noch als Ciara. Ich will mich auch in Zukunft mit ihr treffen, ohne es vor dir verheimlichen zu müssen. Das würde ich äußerst ungern tun. Schließlich hoffe ich, dass ihr Freundinnen werden könnt.«

»Was schwebt dir dabei vor? Eine Ménage à trois? Danke, ohne mich.«

»Also bitte«, sagte Brigid empört. »So ein Schweinkram kommt für mich überhaupt nicht infrage. Ich bin ein gutes katholisches Mädchen.«

Sean schüttelte nur leicht den Kopf. »Du weißt, dass ich zu fast allem bereit bin, aber Multitasking gehört nicht zu meinem Repertoire.«

»Ich fange einfach mal bei Adam und Eva an, in Ordnung?« Brigid biss zunächst in ihren mit Butter bestrichenen Scone und verdrehte genussvoll die Augen, bevor sie weitersprach. »Sean ist exakt zwei Tage älter als ich und wir sind aufgewachsen wie Zwillinge. Der schlimmste Moment in unserem Leben war, als meinem Vater ein Job in Leeds angeboten wurde. Ein sehr guter Job, also sind wir dorthin gezogen. Für meine Familie war England der Himmel. Sean musste in der Hölle bleiben und ich hatte keine Wahl. Wir waren damals zwölf.«

»Fast dreizehn und kurz davor ...« Sean unterbrach sich und sah Brigid an. »Entschuldige, ich will dir nicht vorgreifen.«

»Ja, trink lieber deinen Kaffee, wenn du dir unbedingt den Mund verbrennen willst.«

Sie wandte sich wieder Maren zu. »Kleine Anekdote zwischendurch: Wir waren gerade in der zweiten Klasse und auf dem Schulweg sagt Sean ...«

»Oh bitte, Brigid, muss das sein?«, unterbrach Sean sie mit gequältem Gesicht.

»Du hast Pause«, sagte sie feixend. »Also, Sean sagt: ›du-u, Brigid, ich habe Ciara gesehen, sie stand im Bad und hatte nichts an. Meine Schwester ist ein Krüppel.«

Sean seufzte theatralisch und Maren war wider Willen fasziniert.

»Ich frage ihn, wie er darauf kommt und er sagt: ›ihr fehlt untenrum was. Ciara kann nicht Pipi machen, wahrscheinlich platzt sie bald. Dann bist du meine einzige Schwester‹. Ich habe drei Brüder, einen älteren und zwei jüngere, also war mir gleich klar, was er meinte. ›Ciara ist kein Krüppel, du Dumpfbacke‹, sage ich, ›sie ist ein Mädchen. Wir brauchen sowas nicht‹. Na ja, damals wusste ich natürlich nicht, wozu *sowas* sonst noch zu gebrauchen ist.« Sie kniff kurz die Augen zusammen. »Also habe ich ihm bei nächster Gelegenheit gezeigt, dass mir untenrum auch was fehlt und ich trotzdem pinkeln kann. Das muss ihn geprägt haben, denn wie wir wissen, ließ er bald keine Gelegenheit aus, sich davon zu überzeugen, dass die Anatomie bei allen Frauen gleich ist.« Sie trank von ihrem Tee. »Und wie gut sich dort etwas verstecken lässt.«

Maren wollte nicht lachen, aber sie konnte nicht anders. Vor allem, als sie Seans Blick auffing.

»Das war ganz am Anfang der Neunziger«, sagte er pikiert, »und im ländlichen Irland waren die vergleichbar mit den späten Fünfzigern auf dem Kontinent. Wir hatten von nichts eine Ahnung.«

»Du meinst, *du* hattest von nichts eine Ahnung«, sagte Brigid und wandte sich wieder an Maren: »Aber er hat, was das betrifft, schnell gelernt. Als wir elf waren, haben wir Küssen geübt. Mit der Zeit hat es sogar Spaß gemacht und mit zwölf war es unser Lieblingsspiel. Kurz und gut, als wir eines Abends ein Pärchen beim Steinkreis entdeckt haben, mit heruntergelassenen Hosen, haben wir beschlossen, das auch mal auszuprobieren. Nur, um herauszufinden, warum sie sich aneinander rieben, dabei stöhnten, als hätten sie Schmerzen und trotzdem immer weitermachten. Dazu ist es aber nicht mehr gekommen, weil wir Knall auf Fall weggezogen sind.«

»Und weil du dir nicht vorstellen konntest, was sie wirklich getan haben. Ich hab's dir erklärt, aber du hast behauptet, das könnte niemals funktionieren.«

»Hat es zu dem Zeitpunkt auch nicht, zumindest, als du mir demonstrieren wolltest, dass dein — du weißt schon — zu mehr taugt als zum Pinkeln.«

»Hat er schon, aber ich war gerade erst zwölf. Da gab's noch nicht viel zu sehen.«

»Ihr habt rumgeknutscht? Mit elf? Da habe ich noch mit Puppen gespielt und war der felsenfesten Überzeugung, dass ich einen Mann nie nahe genug an mich heranlassen würde, damit er — nun ja, mir sein Ding in den Bauch rammen kann. So viel zum Aufklärungsunterricht auf dem Kontinent.«

Maren stellte erstaunt fest, dass ihre Wut auf Brigid, und auch auf Sean, weitgehend verflogen war, bis auf … »Dann habt ihr das also fix nachgeholt, nachdem ihr euch wieder-getroffen habt. Schon vor oder erst nach Australien?«

»Mit fünfzehn hatte ich genug zusammengespart, dass es für ein Fährticket reichte«, sagte Sean. »Wenn ich es bis Dun Laoghaire schaffte, würde es von Holyhead nach Leeds auch kein Problem sein, dachte ich. Ich bin nicht ein-mal bis Kilkenny gekommen. Der King hat mir die Garda auf den Hals gehetzt, hat behauptet, ich sei ein Dieb und mich noch mehr drangsaliert als vorher. Damals habe ich an-gefangen, mich für Frauen zu interessieren. Ältere natürlich, die mir etwas beibringen konnten. Brigid und ich haben es nie geschafft, uns zu treffen, bevor ich nach Australien ging.«

»Welche Frau lässt sich mit fünfzehnjährigen Jungs ein?«, fragte Maren überrascht. »Oder hast du dein Erspartes dazu verwendet, dich von einer Professionellen ausbilden zu lassen?«

»Niemals«, rief er empört und senkte sofort wieder die Stimme. »Ich habe nie für Sex bezahlt. Ich konnte glaub-haft versichern, ich sei siebzehn. Und ich war ein sehr guter Schüler, wurde bald selbst zum Lehrer. Reine Übungssache.

Anfangs standen die Mädchen meines Alters nicht gerade Schlange, meine Qualitäten haben sich aber schnell herumgesprochen.« Er grinste und Maren schüttelte nur den Kopf.

»Ich ging auf eine dieser Eliteschulen«, erzählte Brigid weiter, »weil mein Vater Wert auf eine gute Ausbildung legte. In der Oberstufe habe ich mich in einen Jungen *mit Stammbaum* verliebt. Nach meinem Abschluss haben wir sofort geheiratet. Eigentlich heiße ich gar nicht mehr Kennedy, sondern Harrison.«

»Du bist verheiratet? Mit einem Engländer? Was machst du dann in Irland?«

»Könnte ja sein, dass es meinem hochwohlgeborenen Gatten in Galway besser gefällt als in Yorkshire, außerdem leben meine Eltern und mein jüngster Bruder mit seiner Frau inzwischen wieder hier. In Wahrheit entwickelte sich meine Ehe zu einem Albtraum, und Sean — wir standen all die Jahre in mehr oder weniger regelmäßigem Briefkontakt — beschwor mich, Trevor zu verlassen, versprach, er käme sofort zurück, um sich um mich zu kümmern. Also habe ich meine Sachen gepackt und bin zunächst zu meinen Eltern gezogen. Zum Glück fand ich hier eine Anstellung bei einem Steuerberater. Es hat dann doch noch zwei Monate gedauert, bis Sean zurückkam.«

»Ja, es gab Probleme mit meinem Pass; ich hatte versäumt, ihn rechtzeitig verlängern zu lassen. Im Outback brauchst du keine Papiere und Konsulate gibt es dort natürlich auch nicht. Gleich nachdem ich in Dublin gelandet war, habe ich Brigid angerufen, mich in den nächsten Zug gesetzt, der nach Galway fuhr, und sie hat am Bahnhof auf mich gewartet. So haben wir uns nach achtzehn Jahren das erste Mal wiedergesehen. Wir standen auf dem Bahnsteig und haben Rotz und Wasser geheult.«

»Als du mich umarmt hast, bin ich vor lauter Panik fast auf die Gleise gesprungen, hab gesagt: ›Ich ertrage es nicht, von einem Mann angefasst zu werden‹. Daraufhin sagt er: ›Hey, ich bin's doch nur, Sean‹. Aber du warst halt kein Junge mehr.«

Sean hielt noch immer Marens Hand, griff jetzt mit der anderen nach Brigids. »Deine Mutter hat auch geweint, als wir bei ihr ankamen. Sie hat mich in die Arme genommen und gesagt, ich könne in die Dachkammer ziehen und bleiben, so lange ich wollte«, fuhr er zu Maren gewandt fort. »Etliche Wochen später hat Brigid mir die Narben gezeigt, ihr Andenken an Trevors *Zuwendungen*. Ich wollte ihn umbringen, aber wenn ich in den Knast gegangen wäre, hätte ich mich nicht um sie kümmern können und das war wichtiger. Stattdessen sitzt er jetzt. Es hat Monate gedauert, bis wir uns umarmen konnten, ohne dass sie in Panik ausbrach. Als wir uns schließlich geküsst haben, war es wie damals, als wir praktisch noch Kinder waren. Als wären wir nie getrennt gewesen.«

»Irgendwann wollte ich dich nackt sehen. Nur anschauen, mehr nicht. Natürlich hast du anders ausgesehen als mit zwölf. ›Trevors war größer als der da‹, habe ich gesagt und du hast gemeint, das wäre ja auch sein Ruhezustand und er könne bei Bedarf ein ganzes Stück wachsen. Du hast mich aufgefordert, dich anzufassen, um es herauszufinden, aber das konnte ich nicht. Ich war schon froh, dass ich deine

Nähe ertrug und erleichtert, dass sich zwischen deinen Beinen nichts regte.«

»Eine überaus traumatische Erfahrung für mich. Dabei war das wahrscheinlich meine aktivste Zeit; im Outback gibt es nur sehr wenige Frauen, und noch weniger Freizeitangebote. Du kannst dich besaufen, Sex haben oder besoffen Sex haben, wovon niemand etwas hat.«

»Für mich war das normal, Trevor sagte immer, es sei allein meine Schuld, dass er zu anderen Mitteln greifen müsse. Du wolltest es natürlich trotzdem versuchen. Schon in deinen Briefen konntest du es dir nie verkneifen, mir zu versichern, dass du es jeder Frau jederzeit besorgen kannst, mehrfach hintereinander. ›Schön für dich‹, habe ich gesagt, ›aber verschon mich mit praktischen Beweisen‹. Dann steckte ich in einem sehr hässlichen Strafprozess samt Scheidung und Sean hat sich mit Elmer zusammengetan. Eines Tages hat er sich diese Therapie für mich ausgedacht.«

»Ich habe geschworen, dich niemals zu etwas zu zwingen, was du nicht willst, dass ich aber alles tun würde, was du von mir verlangst. ›Wenn es dir gelingt, Strongboy zu wecken, werde ich dir beweisen, dass Sex nichts mit Gewalt zu tun hat, im Gegenteil. Wann immer du dazu bereit bist‹. Womit wir bei der Szene in Ciaras Küche sind, die du völlig missverstanden hast, Maureen.«

»Strongboy?«, fragte Maren verständnislos.

Seans grinste verlegen. »Alle Jungs geben ihrem besten Stück Namen. Manchmal unterhalten sie sich auch mit ihm.«

»Das dürften ziemlich einseitige Gespräche sein.« Sie grinste ebenfalls.

»Nun ja …« Er zuckte die Schultern. »Willst du weiter erzählen?«, fragte er Brigid.

Diese nickte. »Mittlerweile waren wir zu dem Schluss gekommen, dass es weder an mir noch an ihm lag, sondern an uns beiden zusammen. Weil wir wie Zwillinge aufgewachsen sind und es somit Inzest wäre. Eine katholische Erziehung vergisst man nicht so leicht. Wenn wir uns küssten, war es, wie gemeinsam an einer Eiswaffel zu lecken, und wenn wir uns umarmten, dann natürlich nur vollständig bekleidet. Es blieb bei null Reaktion, auf beiden Seiten. Auch an dem Tag, als ich meine Nichte Rosie zu Finns Feier brachte. Als ich merkte, dass sich plötzlich etwas bei ihm regte, bin ich in Panik geraten, aber er sagte nur, das sei nicht mein Verdienst.«

»Das ist mir das letzte Mal mit sechzehn passiert. Ich war in Maggie O'Donnell verknallt; sie war dreiundzwanzig und hat mich ausgelacht. ›Jeder kann deutlich sehen, woran du denkst‹, hat sie gesagt, ›aber ich treibe es nicht mit Minderjährigen‹. Daraufhin habe ich nie wieder romantische Gefühle zugelassen. Es hat mich verwirrt, dass ich spontan auf dich reagiert habe, Maureen. Du standst in der Tür und hast mich angesehen, als wärst du gern an Brigids Stelle. Genau das habe ich mir in dem Moment auch vorgestellt. Habe vor mir selbst geleugnet, dass mehr dahintersteckte als die nächste Kerbe in meinem Bettpfosten, wie du es einmal genannt hast. Natürlich habe ich bemerkt, dass du deine Reaktion auf mich noch viel weniger wahrhaben wolltest, aber trotzdem nicht ganz verbergen konntest.«

»Nicht alles ist, wie es scheint«, sagte Maren nachdenklich. »Das hast du also mit *harmlos* gemeint. Ich habe es ge-hasst, dass mein Körper auf dich und deine Provokation rea-gierte, und dich sowieso, nicht nur dafür. Und dich auch, Brigid, weil du dich später auf seinem Schoß geräkelt hast und ich überzeugt war, dass es sich dabei um ein frivoles Vorspiel handelte, obwohl ihr zuvor schon einen Quickie hattet. ›Brigid ist gerade gekommen‹, hast du gesagt, und ich habe natürlich angenommen … das hast du mit Absicht so formuliert!« Sie schlug ihm auf die Hand.

»Nur ein Versuch, dich aus der Reserve zu locken«, gab er zu.

»Das ist seine Masche«, sagte Brigid und lachte. »Sean flir-tet nicht, er macht beiläufige Bemerkungen, die keinen Zwei-fel an seinen Absichten lassen. Hat normalerweise sogar Er-folg damit. Nun, Aussehen und Charisma spielen natürlich auch eine Rolle.«

»Mit ›reiten ohne Sattel‹ hatte ich es beinahe geschafft, stimmt's?«

»Im Gegenteil. Natürlich hatte ich Kopfkino, quasi 4D, aber das war nur ein Grund mehr, dir aus dem Weg zu gehen. Was du zu verhindern wusstest.« Maren dachte daran, wie er Zucker in ihren Tee gerührt hatte, an die Hitze seines Körpers, nur Zentimeter von ihr entfernt. An sei-nen spontanen Kuss im Garten, der ihr mehr als eine schlaf-lose Nacht bereitet hatte. Sah ihm an, dass er an dasselbe dachte. Dann senkte sie ihren Blick und wandte sich Brigid zu.

»Du weißt schon, dass das alles ziemlich pervers ist, nicht wahr? Mich glauben zu lassen, ihr wärt *beste Freunde mit speziellen Vorzügen.* Es gab diesen Film mit Justin Timberlake,

›Friends with Benefits‹, ich sehe, ihr kennt ihn. Ganz lustig, aber vorhersehbar. Und im wirklichen Leben ...«

»Im wirklichen Leben hatten Sean und ich nie Sex«, sagte Brigid sachlich. »Aber er ist nun mal der einzige Mann, dessen Nähe ich ertrage, den ich jederzeit um Küsse und Umarmungen bitten kann, ohne befürchten zu müssen, dass er mehr von mir erwartet.«

»Dann muss ich dir leider mitteilen, dass dir verdammt viel entgangen ist, Brigid«, sagte Maren, die sich diesen letzten Seitenhieb nicht verkneifen konnte, lenkte dann jedoch ein: »Aber ich möchte dich auch für meine hässlichen Worte von vorhin um Verzeihung bitten. Da heißt es immer, was du mit eigenen Augen siehst, kannst du getrost glauben, und dann stellt sich heraus, dass ...«

»... eben doch nicht alles ist, wie es scheint«, beendete Brigid den Satz. »Entschuldigung angenommen. Und jetzt möchte ich auf eure Verlobung anstoßen. Whiskey?«

»Es ist früher Nachmittag! Die zwei Scones sind kaum eine ausreichende Unterlage.«

»Von einem kleinen Whiskey bekommst du keinen Schwips, mein Engel. Und wenn, was macht das schon? Gib mir einen Kuss. Sag, dass du auch mir verzeihst, weil ich dich heute in eine Falle gelockt habe.«

»Das muss ich mir erst noch überlegen. Den Kuss kannst du haben, du Teufel.« Sie beugte sich über den Tisch und Sean kam ihr entgegen.

»Äh, Leute, die Tischdecke fängt gleich Feuer«, sagte Brigid schließlich. »Sieht aus, als ob ich wirklich etwas verpasst hätte.«

»Darf ich jetzt Brigid küssen oder gehst du gleich wieder durch die Decke?«, fragte Sean lächelnd.

»Wenn du einen direkten Vergleich brauchst, nur zu«, sagte Maren, auch wenn es sie Überwindung kostete und sie ein paar Sekunden später Sean unsanft ans Schienbein trat, weil sie der Meinung war, ein kurzer Schmatz hätte es auch getan.

»Macht der Gewohnheit, aber wie soll ich sonst einen Vergleich ziehen? Keine Sorge, mein Engel, du bist heiß und du — bist Brigid. Danke für deine Unterstützung.«

»Immer wieder gern, Dumpfbacke.«

Sie saßen noch länger zusammen und unterhielten sich über dies und jenes, natürlich auch über die Hochzeit, bis Maren nach einem Blick auf die Uhr meinte: »Was Männer sich alles einfallen lassen, nur um sich vor dem Anzugkauf zu drücken. Deine Galgenfrist läuft übermorgen ab, wenn wir unsere Ringe abholen.«

»Wollen wir uns dann wieder hier treffen?«, schlug Brigid vor. »Ich bin nur neugierig. Natürlich auch auf eure Ringe. Schick mir einfach wieder eine SMS, wenn ihr fertig seid. Oder wir verabreden uns gleich zum Abendessen. Es wird kompliziert werden, den da angemessen einzukleiden, Maren.«

»Deine Aussprache ist schrecklich. Schlimmer als Ciaras, der ich das ›Marryn‹ nicht abgewöhnen kann.« Zu ihrer eigenen Überraschung hörte sie sich plötzlich sagen: »Du darfst mich Maureen nennen. Natürlich erwarte ich, dass du ab sofort damit aufhörst, bestimmte Körperregionen meines Verlobten zu stimulieren«, fügte sie nachdrücklich hinzu.

Hoffte, dass Brigid verstand, dass sie ihr die Augen auskratzen würde, wenn sie sich nicht daran hielt.

»Diese Versuche habe ich längst aufgegeben. Nützt ja sowieso nichts.«

»Was mir nur recht ist«, versicherte Sean. »Es hat mich jedes Mal erschreckt, dass Brigid mir nie auch nur die kleinste Regung entlocken konnte.« Er beugte sich über den Tisch und flüsterte Maren ins Ohr: »Du dagegen … ich muss dich nur ansehen, dich riechen, deine Stimme hören …«

Maren versuchte krampfhaft, zu ignorieren, was all das in ihr auslöste. Jetzt. Hier. Die Taubheit, gepaart mit Überempfindlichkeit hatte definitiv nichts mit dem Whiskey zu tun.

»Hey Leute, es ist besser, wenn ihr jetzt nach Hause fahrt. Bevor die Feuerwehr kommt und den Brandherd sucht.«

Maren nickte. Biss die Zähne zusammen, als Sean Brigid zum Abschied küsste. Ihrer Meinung nach erneut viel zu lange.

6.

Showtime

Anfang Dezember fuhren Maren und Ciara zum Galway Bay Hotel. Maren reservierte fünf Zimmer für ihre deutschen Freunde, eins für Moira und Anton, die sie davon hatte überzeugen können, nach der Feier nicht nach Hause zu fahren und natürlich eins für sich und Sean. Unterdessen besprach Ciara mit dem Koch das Menü und dann sahen sie sich gemeinsam die Räume an, in denen das Brautpaar und ihre fünfundzwanzig Gäste bequem sitzen konnten und noch genügend Platz zum Tanzen war.

Obwohl es von hier bis zur Kirche nur zehn Minuten Fußweg war, würden die Frischvermählten die Strecke selbstverständlich in einer gemieteten Limousine zurücklegen, mit Elmer als Chauffeur. Die Fahrt zur Kirche würde logischerweise getrennt stattfinden: Nur Polly und Finn säßen mit ihren Blumenkörbchen neben Sean auf dem Rücksitz, Moira vorne neben Elmer. Die Familienkutsche der Doyles sollte von Ciara, der ersten Brautjungfer gelenkt werden, Anton neben Maren im Fond seine unerschütterliche Ruhe verbreiten, und links neben Ciara würde Brigid sitzen.

Maren war überrascht, mit welcher Leichtigkeit die beste Freundin ihres zukünftigen Mannes auch zu ihrer geworden war, gleich nach Ciara. Das lag sowohl an Brigids offener Art und ihrem kernigen Humor, als auch an Seans Verhalten ihr gegenüber. Nachdem sich der düstere Schleier der

Eifersucht vor Marens Augen verflüchtigt hatte, erkannte sie, dass er Brigid kaum anders behandelte als Ciara, zwischen ihnen herrschte die gleiche geschwisterliche Vertrautheit. Wenn sie sich küssten (immer noch auf den Mund, aber nie mehr so ausgiebig wie in dem Café in Galway), versetzte ihr das keinen Stich mehr. Nun ja, kaum noch.

Eines Nachmittags zwischen Weihnachten und Silvester kam Brigid nach ›The Ferns‹ und sie unterhielten sich natürlich auch über Marens Junggesellenabschied.

»Deine deutschen Freundinnen kommen schon am Mittwoch, richtig?«, fragte Brigid.

»Ja, damit sie an meiner Hen's Party teilnehmen können. Macht ja ohne das entsprechende Gefolge keinen Sinn. Wobei ich gut darauf verzichten könnte.«

»Nein, kannst du nicht. Warts nur ab, das wird ein Riesenspaß. Welche von ihnen ist deine zweite Brautjungfer?«

»Keine. Ciara kümmert sich um alles, was mit der Hochzeit zu tun hat. Das könnte ja auch keine von ihnen tun; sie kennen sich hier schließlich nicht aus.«

»Du aber auch nicht, wie ich feststellen muss. Kurz gesagt, die erste Brautjungfer ist für die Hochzeit verantwortlich, die zweite für die Hen's Party. Ciara kann sich unmöglich um beides kümmern.«

»Ich sag's doch: Ich brauche das Spektakel nicht.«

»Also ich freue mich auf meine Stag-Party«, warf Sean ein.

»Du hoffst nur, dass doch ein paar Bunnys aus einer Torte

springen und du dir eins aussuchen darfst. Ich warne dich.«
Maren stupste ihm einen Finger in die Seite.

»Das würde Elmer nie wagen, nachdem Ciara ihm gedroht hat, er müsste sonst im Bus schlafen. Andererseits
haben wir hier ein Gästebett ...«

Brigid unterbrach die darauf folgende Balgerei. »Was ist
mit Paul, Liam, Hector und wen du sonst noch eingeladen
hast? Allein den drei Hirschen würde ich zutrauen, dass
sie mehr als genug Auswahl an Stripperinnen haben, die
ihnen gern einen Gefallen tun.« Dann zwinkerte sie ver-
schmitzt. »Übrigens weiß ich von ein paar Jungs, nicht gerade die ›Chippendales‹, aber angeblich sollen sie eine Au-
genweide sein.«

»Komisch, allmählich gefällt mir die Idee doch.« Maren
lachte über Seans säuerlichen Gesichtsausdruck. »Jetzt siehst
du mal, wie das ist.«

»Du könntest mir die Telefonnummer deiner auserwähl-
ten Freundin geben, dann rufe ich sie an und gebe ihr ein
paar Tipps. Pubs, Hotelbars und so. Die entsprechenden
Accessoires kann man im Internet bestellen.«

»Accessoires?«

»Eine richtige Hen's Party ist wie ein Kostümfest«, erklärte
Brigid. »Man kann T-Shirts bedrucken lassen, sich einfach verrückt anziehen und Buttons tragen oder kleine Plastikpenisse
an den Rocksaum hängen. Dabei muss die Braut eindeutig
erkennbar sein. Cocktails sind Pflicht, und es gibt auch ne-
ckische Spielchen, etwa wie Flaschendrehen, wo du auf
dem Tisch tanzen oder den haarigsten Typen im Pub küssen musst. Apropos küssen: Die Brautjungfer geht mit einem

Hut herum, in den die Herren einen entsprechenden Betrag werfen, um die Braut küssen zu dürfen. Manche Bräute haben damit schon die komplette Party finanziert.«

»Einspruch!«, rief Sean dazwischen. »Keine Kusskasse. Sonst klebe ich dir den Mund zu, schreibe ›Seans Property‹ darauf und lasse nur ein kleines Loch offen, in den ein Strohhalm passt, meinetwegen im Penisdesign.«

»Du bist so ein Spielverderber, Dumpfbacke. Inzwischen gibt es sogar spezielle Partyservices, die von Bungeejumping über Kochkurse bis Wellnesswochenenden alles Mögliche organisieren. Aber das hat mit der eigentlichen Tradition nichts mehr zu tun. Feiglinge veranstalten ihre Parties auch gern zu Hause, aber wo bleibt da der Spaß? Vor allem, weil keine Männer dabei zugelassen sind.«

»Und das willst du alles am Telefon besprechen? Meine Cousine Ingrid – sie war meine Trauzeugin, als ich Victor geheiratet habe – spricht zwar gut Englisch, aber das alles aus der Ferne zu organisieren, ist doch ziemlich umständlich.«

»Ach was. Und was die fehlenden Ortskenntnisse betrifft, kann ich gern eine Route zusammenstellen und gegebenenfalls die eine oder andere Reservierung vornehmen. Schließlich wohne ich in Galway und komme täglich an den Pubs und Bars vorbei.«

»Wenn du schon einen Plan machst, kannst du doch gleich alles organisieren«, sagte Maren spontan.

»Nein, tut mir leid. Das ist Aufgabe der zweiten Brautjungfer und das bin ich nicht.«

Maren überlegte drei Sekunden, dann sagte sie: »Doch, Brigid, das bist du. Ab sofort. Natürlich nur, wenn du willst.«

»Wenn ich — aber ja, will ich! Herzlich gern.« Sie fiel Maren um den Hals und drückte ihr einen Kuss auf die Wange. Und weil Sean so praktisch danebensaß, bekam er auch einen. Wie üblich, auf den Mund, zwar nicht gerade flüchtig, aber ohne den geringsten Hauch von Erotik.

Maren zupfte an ihrem Ärmel, bevor sie sich wieder in den Sessel setzen konnte, und flüsterte: »Was die Stripper betrifft …«

»Keine Sorge, ich kümmere mich um alles, du musst dich nur auf einen unvergesslichen Abend freuen. Ich werde auch Mundspray besorgen, für den einen oder anderen Herrn, der die Ehre haben wird, eine bezaubernde Braut küssen zu dürfen. Du könntest ein Vermögen machen«, grinste sie mit einem Seitenblick auf Sean.

Der biss die Zähne zusammen, sagte aber nichts mehr.

Am Mittwoch vor der Hochzeit fuhren Maren und Sean mit seinem Bus nach Dublin, um ihre deutschen Verwandten und Freunde abzuholen: Ingrid und ihren Mann Lothar, Nina, mit der Maren seit der Uni befreundet war, und deren Lebensgefährtin Marie mit Tochter Sarah, zehn Jahre alt. Robert, ihr ehemaliger Nachbar und Victors Squash-Partner kam mit seiner derzeitigen Freundin Sarita, einer Inderin. Carlo, mit dem sie seit der Grundschule befreundet war, hatte natürlich seine siebzehnjährigen Zwillingstöchter dabei, die auf die Namen Svenja und Sonja hörten.

Nach der Begrüßung zerrte Ingrid ihre Cousine beiseite.

»Mein Gott, Maren, das ist der legendäre Sean McLeary?«, zischte sie. »Für den brauchst du einen Waffenschein, meine Liebe. Wie hast du es nur geschafft, seinem Charme so lange zu widerstehen? Und was viel wichtiger ist: Wie hast du ihn dazu gebracht, dir einen Heiratsantrag zu machen?«

»Ich habe es gar nicht darauf angelegt, es war allein seine Idee«, sagte Maren.

»Und du bist sicher, dass er dir allein gehört? Der braucht doch nur über die Straße zu gehen ... und dann ist er auch noch dauernd unterwegs.«

»Lass gut sein, Ingrid. Du musst nicht automatisch von deinem Lothar auf andere schließen, obwohl der sich, im Gegensatz zu Sean, gewaltig anstrengen muss, damit eine zweimal hinschaut, geschweige denn, sich von ihm anfassen lässt.«

»Das war jetzt nicht nett von dir, Maren.«

»Danke, gleichfalls. Bring mich nicht so weit, dass ich meine Einladung bereue.«

»Entschuldige bitte. Es ist nur gerade ... wieder einmal besonders schlimm mit ihm.«

»Ich verstehe nicht, warum du bei ihm bleibst. Du hättest dich schon vor Jahren von ihm trennen sollen. So groß kann keine Liebe sein.«

»Liebe«, sagte Ingrid abfällig. »Was soll ich denn machen? Ich habe doch nichts gelernt außer Kochen und Putzen und seine Kinder großziehen. Unsere Kinder.«

»Die jetzt als Studenten mehr oder weniger auf eigenen Füßen stehen. Du bist eine ausgezeichnete Köchin. Es muss leicht sein, eine Stelle in einem Restaurant zu finden. Gib's zu, du hast nur Angst, deine Komfortzone zu verlassen, obwohl die alles andere als komfortabel ist.«

»Vielleicht hast du recht. Du liegst mir seit Jahren damit in den Ohren, sogar Lothars Schwester Ilse hat in letzter Zeit auf mich eingeredet. Es gibt in ihrer Nachbarschaft dieses kleine Restaurant, das kürzlich den Besitzer gewechselt hat. Angeblich sucht der einen zweiten Koch.«

»Worauf wartest du dann noch? Geh hin, fragen kostet nichts.«

Inzwischen waren sie auf dem Busparkplatz angekommen und Sean verstaute die Koffer. »Es ist, als hätte ich eine neue Gruppe«, sagte er zu Maren. »Brems mich, wenn ich anfange, unterwegs zu viel zu reden.«

»Viel wichtiger ist, dass du auf die Straße schaust statt auf Roberts neue Freundin.« Sie unterließ es wohlweislich, ihn auf die schwärmerischen Blicke hinzuweisen, die Svenja und Sonja ihm zuwarfen. *Meiner,* dachte sie. *Gebt euch keine Mühe.*

»Ich schau doch nur, Maureen. Du weißt genau, dass ich dir treu bin, auch ohne den offiziellen Schwur.«

»Ich sag's ja nur. Ich liebe dich.« Sie küsste ihn innig und dann stiegen sie als letzte zusammen in den Bus.

Trotzdem brach irgendwann der Reiseleiter in ihm durch und er fragte, ob sie direkt zum Hotel gebracht werden wollten, was etwa zwei Stunden dauerte. Sie könnten die Fahrt nach etwa einem Drittel in Kilbeggan oder Tullamore unterbrechen, für eine kleine Führung durch die Destillery mit anschließender Whiskey-Verkostung. Oder nach gut der Hälfte in Athlone, um sich die Burg anzuschauen. Wahlweise einen kleinen Umweg über Birr Castle machen, einem selten besuchten Ziel, um sich im Park ein wenig die Füße zu vertreten und den Leviathan, ein Teleskop aus dem 19. Jahrhundert, zu sehen, was eine Stunde länger dauere plus eine weitere für den Aufenthalt.

Marens Freunde bedankten sich für das Angebot, wollten sich aber lieber mit Maren unterhalten, die sich während der Fahrt mal hierhin und mal dahin setzte und die letzten Neuigkeiten mit ihren Freunden austauschte.

Natürlich war der eigentliche Grund ihrer Reise nach Irland ein viel interessanteres Thema, vor allem die bevorstehenden Junggesellenabschiede. Inwieweit die eine etwas mit Hirschen zu tun hatte, wurde ebenso diskutiert wie der Vergleich der anderen mit einem Hühnerhof.

»Wenigstens ist Lothar morgen nicht der Platzhirsch«, flüsterte Ingrid in Marens Ohr.

»Das ist er nie, auch wenn er sich gern dafür hält«, erwiderte Maren ebenso leise.

Brigid hatte für Ciara, Aoife, Nina, Marie, Ingrid, Sarita, Sonja, Svenja, sich selbst, ihre Mutter Jane und Schwägerin Siobhan türkisfarbene Schärpen mit der Aufschrift ›Team Bride‹ besorgt; auf Marens stand natürlich nur ›Bride‹, dazu ein Krönchen mit Teufelshörnern. Das erinnerte sie daran, dass sie in weniger als vierundzwanzig Stunden die Ehefrau eines Teufels sein würde, der den Schlüssel zum Paradies besaß.

Brigid hatte auch einen Van gemietet, in dem alle Platz fanden und behauptet, es mache ihr nichts aus, auf Alkohol zu verzichten. Eine müsse ja die Kontrolle haben und das sei nun mal Aufgabe der zweiten Brautjungfer.

Soweit Maren wusste, würden Sean und seine Begleiter übergroße, knallrote Krawatten und Gangster-Hüte tragen, auf denen ›Groom‹ beziehungsweise ›Team Groom‹ stand. Dieses bestand aus Elmer, Ian und Connor Kennedy, aus Seans Freunden Paul, Liam und Hector sowie Robert, Carlo, Lothar — und Anton, der sich als Fahrer angeboten hatte. Moira würde sich um Polly, Finn und Sarah kümmern. Aoife, die Maren und ihre Freunde tagsüber auf einem Rundgang durch Galway begleiten wollte, würde anschließend mit Sarah nach Spiddal fahren, die Doyle-Kinder einsammeln, und alle zur Farm bringen. Danach würde sie am Spanish Arch auf den ›Hühner-Van‹ warten.

Auf der Fahrt von Salthill nach Galway löcherten die Zwillinge Maren mit Fragen. Dabei war es fast unmöglich, sich nur mit einem der beiden Mädchen zu unterhalten. Begann Sonja einen Satz, beendete ihn Svenja und umgekehrt.

»Sean sieht gar nicht irisch aus, Tante Maren«, behauptete Svenja, worauf Sonja verträumt hinzufügte: »Eher wie ein feuriger Stierkämpfer.«

»Es ist nur ein Mythos, dass alle Iren rote Haare haben, immerhin stammen sie von den überwiegend dunkelhaarigen Kelten ab und gerade im Westen haben auch die Spanier kräftig mitgemischt. Natürlich gibt es Rothaarige, Elmer zum Beispiel, Ciaras Mann. Den werdet ihr morgen kennenlernen.«

»Wo hast du ihn gefunden?«, fragte Sonja und Svenja erklärte: »Sean, nicht Elmer.«

»Gar nicht. Er hat mich gefunden. Zuerst wollte ich ihn nicht.«

»Aber jetzt heiratest du ihn trotzdem«, sagte Sonja und Svenja fragte: »Weil du ihn liebst? So wie Onkel Victor?«, worauf Sonja hinzufügte: »Wir vermissen ihn, du nicht?«

»Doch, er fehlt mir. Aber Victor ist tot und ich lebe. Unter anderem dank Sean.«

»Müssen wir Onkel zu ihm sagen?«, fragte Svenja und Sonja fiel sofort ein: »Also ich nicht. Sean ist alles andere als ein Onkel.«

Maren schmunzelte. »Nennt ihn, wie ihr wollt, aber vergesst nicht, dass er doppelt so alt ist wie ihr.«

»Dann sind wir zusammen genauso alt wie er«, rief Sonja mit leuchtenden Augen und Svenja sagte zufrieden: »Passt.«

7.

Willst du ...

Sean trug einen hellgrauen Anzug mit dunkleren Paspeln an Revers und Brusttasche, eine silbern schimmernde Weste und ebensolche Krawatte über einem fliederfarbenen Hemd. Die weiße Weste, die er dazu haben wollte, hatte Maren ihm gerade noch ausreden können: »Das glaubt dir sowieso niemand.«

Auch ihr Kleid war nicht weiß, sondern cremefarben, blass-golden changierend.

Familie und Freunde hatten sich rund um das mit einem roten Teppich ausgelegte Podest versammelt, auf dem der Altar stand. Dann füllte sich die Kirche mit schwangeren Frauen, die immer näher kamen und anklagend auf Sean deuteten. Bald war auf dem Podest nur noch so viel Platz wie in einer japanischen U-Bahn zur Feierabendzeit.

Maren bekam keine Luft mehr. Sie schrie — und wachte schweißgebadet auf, in ihre Laken gewickelt wie eine Mumie. Hektisch befreite sie sich aus dem Knäuel und tastete nach Sean an ihrer Seite, aber da war niemand. Sie lag allein in ihrem Bett, zum ersten Mal, seit die Winterpause begonnen hatte. Dachte an eine andere Februarnacht, in der sie nach einem lebendigen Körper getastet und stattdessen einen halb ausgepackten Koffer berührt hatte. Zwei Jahre war das her. *Tue ich das Richtige, Victor?*

»Ist alles in Ordnung, Liebes?«, fragte Ciara von der

Tür her. »Ich habe dich schreien hören.« Sie kam herein und setzte sich auf die Bettkante.

»Ich auch«, sagte Brigid und setzte sich neben Ciara. »Du hattest einen Albtraum, stimmt's? Das kenne ich. Ich hatte so einige während meiner unseligen Ehe.«

»Als ich Victor geheiratet habe, hatte ich jedenfalls keine. Und ich bin mir gar nicht mehr sicher, ob ich mich noch einmal darauf einlassen soll.« Maren umfasste ihre Beine mit den Armen und legte ihre Stirn auf die Knie.

»Jetzt rede keinen Unsinn, es ist vier Uhr morgens.« Ciara hatte die Nachttischlampe eingeschaltet und einen Blick auf die Uhr geworfen. Sie legte ihren Arm um Marens Schultern. Brigid schob sich an Marens andere Seite. Beide Frauen streichelten sanft ihren Rücken.

»Das ist die ganz normale Panik vor der Hochzeit«, meinte Brigid.

»Ich will zum Mars«, murmelte Maren. »Kommt ihr mit?«

»Schokoriegel«, sagte Ciara kopfschüttelnd, weil sie anscheinend an die Süßigkeiten dachte, die Sarah mitgebracht hatte. »Die sind nicht mal rot verpackt.«

»Ich meinte den Planeten«, sagte Maren.

»Und ich denke an Kakao. Heiß und süß. Ich geh mal in die Küche.« Ciara stand auf.

Brigid seufzte. »Die Dinger hätten sie Jupiter nennen sollen, bei der Menge an Kalorien, die da drin sind.«

Maren lehnte sich an Brigids angenehm weichen Körper. Bekanntermaßen beneidete sie Ciara und Maren um deren schmalen Körperbau, während sie aussichtslose Kämpfe gegen jedes Krümelchen Zucker führte, um nicht aus allen Nähten zu platzen, wie sie behauptete. Nach Marens Überzeugung war Brigid keineswegs dick, ihre Kurven saßen alle an den richtigen Stellen.

»Hey Süße«, sagte Brigid. »Du tust das Richtige. Sean ist verrückt nach dir, er liebt dich. Niemand weiß das besser als ich. Ich hab's ihm schon vor einem Jahr gesagt, als er mit *Maureen dies* und *Maureen das* anfing. Das war gleich nach Finns Geburtstag. Er hat es natürlich abgestritten, hat behauptet, er wolle lediglich Sex mit dir haben. Männer sind dermaßen auf ihren Schwanz fixiert, dass sie gar nicht mitkriegen, was sich anderswo in ihrem Körper abspielt. Nur deshalb hat er sich diese verrückte Therapie einfallen lassen. ›Du darfst alles mit mir machen und falls du Strongboy jemals zum Stehen bringst‹ – ich bitte dich! Selbst wenn es mir gelungen wäre, es hätte nie mit uns funktioniert, und das wussten wir beide. Ihm gefiel es, weil er mir nicht beweisen muss, was für ein toller Kerl er ist. Dann sieht er dich in der Tür stehen und Schwupps. Das kam von hier oben.« Sie tippte sich an die Schläfe, legte dann die Hand auf ihr Herz. »Und dann hat es sich hier festgesetzt. Klappe zu, Affe tot.«

»Der Kakao ist fertig.« Ciara kam herein, stellte ein Tablett mit drei Tassen auf die Matratze und setzte sich im Schneidersitz neben Maren. »In der gelben ist nur ganz wenig Zucker«, sagte sie an Brigid gewandt, die mit einer Mischung aus Dankbarkeit und Resignation nickte und danach griff.

»Warum hören wir eigentlich irgendwann auf, Pyjamapartys zu feiern?« Maren leckte einen Krümel Schokolade vom Rand ihrer Tasse. »Es ist das Zweitschönste, was man im Bett tun kann.«

»Weil wir glauben, wir seien zu erwachsen dafür?«, vermutete Ciara. »Ist wie mit der Sandkiste. In die kehrst du erst zurück, wenn du selbst Kinder hast.«

»Wir könnten das regelmäßig tun, einmal im Monat oder so«, schlug Brigid vor. »Drei Mädels in einem Bett, herumalbern, Geschichten erzählen, Kakao trinken. Sollen sich die Männer in der Zeit anderweitig beschäftigen.«

»Aber nicht in fremden Betten! Da liegt mein Elmer oft genug, wie ich hoffe, allein.«

»Absurde Vorstellung. Elmer denkt nicht mal im Traum an so etwas. Glaubst du, er und Sean sitzen jetzt auch im Bett und trinken – na ja, eher Bier als Kakao?« Maren nippte schlürfend an ihrer Tasse.

»Davon dürften sie heute schon genug gehabt haben. Die schlafen bestimmt ihren Rausch aus. Einmal wären wir ihnen beinahe in die Arme gelaufen«, sagte Brigid. »Gut, dass ich immer erst nachgeschaut habe, ob die Luft rein ist.«

Maren erzählte von ihrem Traum. »Es war schlimmer als in einer Sardinenbüchse. All diese dicken Bäuche, und Sean hat nur frech gegrinst.«

»Darüber musst du dir keine Sorgen machen. Sean sagte einmal, er würde nie das Risiko eingehen, eines seiner Betthäschen zu schwängern. Falls er wider Erwarten einmal keine Überzieher dabei haben sollte, würde er seinen ... äh, Ladykiller brav stecken lassen«, sagte Ciara.

»Der vergisst eher, seine Socken anzuziehen«, behauptete Brigid, »das weißt du ganz genau. Zumindest war das mal so. Wie ich hörte, braucht er neuerdings keine ...« Sie unterbrach sich. »Das hätte ich jetzt vielleicht nicht verraten sollen.«

»Tratscht ihr eigentlich über jede klitzekleine Kleinigkeit?«, brauste Maren auf. »Das geht mir jetzt entschieden zu weit.«

»Keine intimen Details, beruhige dich. Er hat nur kurz erwähnt, wie fantastisch es sich ohne Gummi anfühlt.«

»Dann ist das der Grund für deinen Traum. Du bist schwanger!«

»Nicht schon wieder, Ciara. Ich schwöre, ich bin es nicht. Und du? Läuft euer Projekt überhaupt noch?«

»Was für ein Projekt?«, fragte Brigid.

»Ciara will unbedingt zeitgleich mit mir schwanger werden.«

»Wer tratscht jetzt über jede Kleinigkeit? Was ist eigentlich mit dir, Brigid? Also vorausgesetzt, du triffst den richtigen Vater für dein Baby.«

»Der Zug ist abgefahren.«

»Quatsch, du wirst doch im Juli erst fünfunddreißig.«

»Das hat nichts mit dem Alter zu tun.« Brigid zögerte ein wenig, sagte dann: »Trevor Harrison. Und ein Hockeyschläger. Was glaubst du, warum Sean ihn umbringen wollte? Wegen ein paar Ohrfeigen und hässlicher Worte? Mein feiner Gatte hat mich sowohl körperlich als auch seelisch zum Krüppel gemacht.«

Ciara und Maren schwiegen betroffen. Maren wurde erst jetzt bewusst, was Sean die letzten Jahre für Brigid getan hatte — und vielleicht weiterhin tun würde, falls sie nicht darauf bestand, dass er damit aufhörte. Könnte sie damit leben?

Eigentlich wollte sie jetzt nicht über das Arrangement zwischen ihm und Brigid nachdenken. Sie hatte ihn einmal gefragt, was er dabei empfand, und er hatte gesagt: ›Du stimmst mir doch zu, dass ich dich nicht betrüge, wenn ich selbst Hand an mich lege. Ebenso wenig betrüge ich dich, wenn ich Brigid küsse, mehr geht sowieso nicht. Mein Körper ist lediglich ein Mittel gegen ihre Ängste«. Und als sie wissen wollte, an wen er dachte, wenn er sich selbst befriedigte, hatte er gemeint: ›An mich natürlich. Das ist eine Art Zwiegespräch zwischen mir und Strongboy. Ich reize ihn so lange, bis er darauf antwortet‹.

Dann nahmen Ciara und sie Brigid in die Arme, weinten ein bisschen zusammen. Schließlich tranken sie ihren Kakao aus und beschlossen, noch ein paar Stunden zu schlafen — falls das möglich wäre. Zum Glück war die Trauung erst für halb drei Uhr am Nachmittag angesetzt.

Sean trug einen hellgrauen Anzug mit dunkleren Paspeln an Revers und Brusttasche, eine silbern schimmernde Weste und ebensolche Krawatte über einem fliederfarbenen Hemd. Die weiße Weste, die er dazu haben wollte, hatte Maren ihm gerade noch ausreden können: »Das glaubt dir sowieso niemand.«

Auch ihr Kleid war nicht weiß, sondern cremefarben, blass-golden changierend.

Familie und Freunde hatten sich rund um das mit einem roten Teppich ausgelegte Podest versammelt, auf dem der Altar stand.

Maren dachte an ihren Traum von letzter Nacht und schielte ängstlich zur Eingangstür. Keine schwangeren Frauen. Gott sei Dank.

»Du bist ein bisschen blass, mein Engel«, raunte Sean. »Lange Nacht gehabt?«

»Du offensichtlich auch«, gab sie zurück. Er war ebenfalls blass und sah irgendwie fremd aus. Das lag nicht nur an seiner ungewohnt eleganten Aufmachung. Es dauerte einen Moment, bis Maren klar wurde, dass es seine Frisur war. Sie hatte seine schwarzen Haare nie anders als zerzaust gesehen, wegen der zahlreichen Wirbel auf seinem Kopf. Nun lag jede einzelne Strähne perfekt gestylt um sein Gesicht. Ihre Finger zuckten, wollten sich hineingraben, alles so durcheinanderbringen, dass sie ihn wiedererkannte. Ihren Sean. Der gerade mit fester Stimme die Frage des Priesters beantwortete: »Ja, ich will. Mit Gottes Hilfe.«

Dann war sie an der Reihe. »Und willst du, Maren Lang (Maureen Läng, was sonst), den hier anwesenden Sean McLeary ... so antworte mit ...«

Oh mein Gott, ich hab's getan. Wir sind verheiratet.

Sie hätte nicht sagen können, ob das Summen in ihrem Kopf und die wackeligen Knie von dieser Erkenntnis kamen oder doch von seinem Kuss. Der vielleicht noch länger gedauert hätte, als die Schicklichkeit gebot, wenn nicht die Orgel eingesetzt hätte, die sie daran erinnerte, wo sie waren.

»Kommen Sie, Mistress Maureen McLeary, gehen wir feiern«, sagte er schmunzelnd, nahm ihren Arm und führte sie zur Limousine. Während Elmer zum Hotel fuhr, gefolgt von den beiden Vans mit den Hochzeitsgästen, setzten die Frischvermählten auf dem Rücksitz ihren unterbrochenen Kuss fort. Danach sah Sean aus, als sei er nie auch nur in der Nähe eines Friseursalons gewesen.

Carlos Zwillinge waren buchstäblich im siebten Himmel, als Sean nach dem Dinner im fliegenden Wechsel mit ihnen tanzte, wofür er sich säuerliche Blicke von Lothar einfing, den weder Svenja noch Sonja auch nur eines flüchtigen Blickes würdigten.

»Sean ist ein völlig anderer Typ als Victor, nicht nur äußerlich«, sagte Robert während eines Tanzes zu Maren, »und er ist total verrückt nach dir. Du liebst ihn, nicht wahr?«

»Hätte ich ihn sonst geheiratet? Vor gut zwei Jahren war ich überzeugt, mich nie wieder verlieben zu können, vor knapp anderthalb Jahren habe ich Sean gehasst, weil er meine totgeglaubte Sinnlichkeit weckte, bis ich ihm buchstäblich erlegen bin. Das war vor einem Dreivierteljahr. Von unserem ersten Mal an war ich regelrecht süchtig nach seinem Körper und bin es noch. Dann habe ich herausgefunden, dass mehr in ihm steckt als der sexbesessene Schürzenjäger, für den alle ihn halten, jahrelang sogar er selbst, aber das ist eine andere Geschichte. Was ist mit dir und Sarita?«

»Frag mich in einem halben Jahr nochmal.«

Das wäre Rekord, dachte Maren, sagte aber nichts dazu. Dann versuchte sie, Brigid zu überreden, mit Carlo zu tanzen.

»Du kannst ihm vertrauen«, sagte sie. »Carlo ist ein ganz Lieber, er nimmt sich keiner Frau gegenüber unangemessene Freiheiten heraus. Wir sind seit der ersten Klasse eng befreundet. Er hat es nicht leicht gehabt, als Corinna ihn von heute auf morgen mit den Zwillingen sitzenließ. Die waren damals gerade erst aus dem Krabbelalter heraus.«

»Er ist so alt wie du?«, fragte Brigid erstaunt. »Dann ist er aber sehr jung schon Vater geworden.«

»Kurz vor seinem achtzehnten Geburtstag. Er wird langsam panisch bei dem Gedanken, dass Sonja oder Svenja — womöglich beide — in seine Fußstapfen treten könnten und ihn zum Opa machen, bevor er vierzig ist. Carlo ist ein toller Vater, vom ersten Tag an. Tut alles für die Mädchen, auch wenn die bisher jede Frau vergrault haben, mit der er eine ernsthafte Beziehung anfangen wollte. Komm, ich stell euch einander vor.«

»Ich unterhalte mich gern mit ihm, aber tanzen? Da müssten wir uns ja anfassen, und ich weiß nicht, wie ich darauf reagiere. Ich will euch nicht die Feier verderben.«

»Du musst keine Angst haben, Carlo tut dir nichts. Ehrlich. Und er ist auch ein guter Tänzer. Wir haben mit sechzehn zusammen einen Tanzkurs gemacht.«

Brigid ließ sich von Maren zu dem Tisch ziehen, an dem Carlo saß und sich mit Nina und Marie über Kindererziehung unterhielt. Er sprang auf und umarmte Maren, küsste sie auf beide Wangen.

»Hey, bekomme ich keinen richtigen Kuss, Ritter Lanzelot?«

»Du siehst hinreißend aus, Floh«, sagte er lächelnd, nachdem er ihrer Aufforderung nachgekommen war. »Und ich bin wieder mal zu spät dran. Erst Victor und jetzt Sean. Bist du glücklich? Blöde Frage, natürlich bist du das, kann ja jeder sehen.«

»Was heißt denn zu spät? Selbst schuld, du hast mir nie einen Antrag gemacht.«

»Weil du abgelehnt hättest, wie wir nur zu gut wissen.«

»Ich liebe dich nun mal wie einen Bruder. Ich möchte dir Brigid anvertrauen, meine zweite Brautjungfer. Außerdem Seans beste Freundin, sie haben quasi schon im selben Kinderwagen gelegen. Du könntest sie vor bösen Drachen beschützen.«

Carlo lachte. »Also vor meinen Mädels? Ich glaube, die haben heute ganz andere Interessen. Du solltest eher deinen frischgebackenen Ehemann vor ihnen schützen.«

»Der weiß sich sehr gut selbst zu helfen. Halte du lieber Ausschau nach Raubrittern, das hast du hoffentlich noch nicht verlernt.« Maren stellte sich auf die Zehenspitzen und flüsterte ihm zu: »Brigid ist zerbrechlicher, als sie aussieht.«

In der Gewissheit, dass Carlo sie verstanden hatte, drehte Maren sich um und ging auf die Suche nach Sean. Ob Brigid mit Carlo tanzte oder sich nur mit ihm unterhielt, bekam sie nicht mehr mit.

8.

Feldstudien

Anfang Juni stand die Connemara-Tour auf Seans Einsatzplan. Er hatte damit gerechnet, sie schon mit dem Zwanzigsitzer absolvieren zu können, den sie in Athenry gekauft hatten, gebraucht natürlich. Leider war die neue Lackierung nicht rechtzeitig fertig geworden, sodass er ein letztes Mal den alten Sechzehner nehmen musste. Platzprobleme gab es keine, die englische Gruppe bestand aus vierzehn Leuten, aber schon auf der letzten Fahrt hatte das Getriebe manchmal beunruhigende Geräusche von sich gegeben. Er hoffte, es würde die rund fünfhundert Kilometer durchhalten. Notfalls konnte er mit Zwischengas schalten, ohne dass es seinen Gästen allzu sehr auffiel.

Wenigstens musste er die Gruppe nicht selbst am Shannon Airport abholen. Elmer, der am Vortag die Cork-Tour beendete, fuhr sowieso daran vorbei und würde sie zum Hotel in Galway bringen, wo Sean sie am nächsten Tag übernehmen sollte. Dadurch blieben Elmer zwar nur zwei statt drei Tage bei seiner Familie, bevor er nach Dublin aufbrach, ersparte Sean aber die je achtzig Kilometer Hin- und Rückfahrt. Und er hatte einen Tag mehr mit seiner Frau.

Nach dreieinhalb Monaten Ehe ertappte er sich noch immer dabei, ›meine Frau‹ zu murmeln, wenn er an Maureen dachte. Oft steckte er seinen Daumen zwischen Mittel- und Ringfinger und strich über das Relief seines Eherings. »Wenn du so weitermachst, rubbelst du es noch ab«, neckte ihn Brigid, gern gesehener Gast in ›The Ferns‹, egal ob er zuhause oder unterwegs war.

Was für ein Glück er doch hatte, dass die beiden wichtigsten Frauen in seinem Leben sich so gut verstanden. Brigid hatte bestimmt schon etliche Peinlichkeiten aus seinen ersten zwölf Jahren ausgeplaudert. Ob sie auch aus den Briefen zitierte, in denen er ihr seine ersten Erfahrungen mit Frauen geschildert und sie sich gegenseitig Tipps gegeben hatten? Eine Zeitlang endeten ihre Briefe mit einer Liste: ›was Jungs mögen und was nicht‹, beziehungsweise ›was Mädchen wollen und was nicht‹.

Ob sie auch über ihre Ehe mit Trevor Harrison sprach? Über das, was dieses Stück Scheiße ihr angetan hatte? Selbst ihm hatte sie es lange Zeit verschwiegen, bis zu dem Vorfall mit dem Hockeyschläger. Das war der Hauptgrund, warum er nach Irland zurückgekommen war, nicht, wie er behauptete, weil es in den Minen schlecht gelaufen war. Das auch, aber solche Phasen hatte es schon vorher gegeben und dann hatte sich doch wieder eine Ader aufgetan.

Maureen – *Mistress Maureen McLeary, Wahnsinn* – sprach jedenfalls hin und wieder von Victor. Seltsamerweise war er kein bisschen eifersüchtig auf den ersten Mann seiner Frau, vielleicht, weil er tot war.

Manchmal blitzte das Bild auf, wie Maureen diesen L.B. am Flughafen in Belfast geküsst hatte; anfangs öfter, inzwischen seltener, aber noch immer schmeckte er dabei bittere Galle. Dabei hatte er sich damals eingeredet, er wolle lediglich Sex mit ihr haben. In Wahrheit war er ihr bereits rettungslos verfallen gewesen. Mit Haut und Haaren und allem, was darunter lag.

Als er auf dem Weg von der Kylemore Abbey nach Leenaun die Steigung am Killary Harbour hochfuhr, half auch das Zwischengas nicht mehr, und das Getriebe krachte heftig beim Herunterschalten. Mist, sie hatten nicht einmal die Hälfte der Tour geschafft. Er hielt auf einem Parkplatz, von dem aus man einen guten Ausblick über Irlands einzigen Fjord hatte, einer der üblichen Fotostopps. Während seine Gäste das Panorama — und die Elfenbäume, die am Klippenrand standen und deren an die Äste gebundenen bunten Bänder im Wind flatterten — als digitale Erinnerung festhielten, fand er auf seinem Smartphone eine Nachricht von der Werkstatt in Oughterard: Der Bus sei fertig, er könne ihn jederzeit abholen. Na fein, das nutzte ihm wenig. Zwar waren es von hier aus nur knapp vierzig Kilometer, aber er wollte seine Gäste ungern anderthalb Stunden sich selbst überlassen, auch nicht in ›Gaynors Field Bar‹ in Leenaun, die berühmt für ihren Irish Coffee und deshalb für eine Mittagspause vorgesehen war.

   Bis dorthin würde er es irgendwie schaffen müssen. Wenn jemand ihm den Bus bringen könnte … Er rief in der Werkstatt an, aber niemand ging ans Telefon. Auch Maureen erreichte er nicht, die von ›The Ferns‹ aus schnell dort sein und persönlich die Überführung hätte arrangieren können. Wahrscheinlich fuhr sie Moiras Gemüse spazieren. Er tippte rasch eine Nachricht:

> DRINGEND! Ruf mich an. DRINGEND!

Dann sammelte er seine Gäste ein und fuhr krachend los. Bergab, langsam, im dritten Gang, den zweiten hatte er ausgelassen. Unterwegs erzählte er kurz den Inhalt des Films, der 1990 mit Richard Harris in der Hauptrolle in Leenaun gedreht wurde, und dem die Bar, die sie gleich aufsuchen würden, ihren Namen verdankte: ›The Field‹.

»Der Film spielt in den 1930er Jahren«, erzählte Sean, »und schildert den Kampf von Bull McCabe um ein Feld, das seine Familie seit Generationen gepachtet und mühsam kultiviert hatte. Als die Eigentümerin, eine Witwe, dieses Feld verkaufen will, ist der alte Bauer sicher, dass ihn niemand im Dorf überbieten wird. Damit liegt er richtig, doch dann taucht ein reicher Amerikaner auf, dem Traditionen egal sind, und bekommt den Zuschlag. In seiner Wut und Verzweiflung hetzt Bull McCabe seinen Sohn Tadgh in einen Zweikampf gegen den Amerikaner, bei dem der junge Ire unterliegt und stirbt. Daraufhin tötet Bull den Ausländer und verliert somit alles: seine Familie, den einzigen Sohn, seinen Verstand und natürlich auch das Feld. Wer will, kann in dieser Geschichte von John B. Keane Parallelen zum meist aussichtslosen Kampf der mittellosen Iren gegen ausländische Investoren — man könnte auch Invasoren sagen — sehen. Jedenfalls gibt es reichlich Anspielungen, auch über die Verwicklung der Kirche in weltliche Belange und die gesellschaftliche Stellung des fahrenden Volkes, das man gemeinhin ›Tinker‹ nennt.« Er machte seine Gäste auch auf die Linien aufmerksam, die sich ringsum an den Berghängen senkrecht zum Fjord hinzogen: die Furchen ehemaliger Kartoffelfelder, auch ›lazy beds‹ genannt.

Auf dem Parkplatz in Leenaun angekommen, würgte er mit einem letzten Krachen den Motor ab. *Na bravo.* Dabei konnte er heilfroh sein, dass sie nicht auf freier Strecke liegengeblieben waren. Aber wie sollte es nun weitergehen? Hierbleiben konnten sie nicht, ihr nächstes Hotel war in Westport, zwar nur knapp fünfzig Kilometer von hier, aber momentan unerreichbar. Von den restlichen Stationen ganz zu schweigen.

Er brauchte den neuen Bus! In Gedanken strich er bereits die gut dreistündige Wanderung auf den Croagh Patrick, hoffte, dass der Himmel ihm beistehen möge und den heiligen Berg in Wolken hüllte, was einen Aufstieg zur Kapelle auf dem Gipfel grundsätzlich verhindern würde. So stand es auch im Programm: ›je nach Wetter und Zeit‹. Währenddessen führte er seine Gruppe über die Straße und um die Kurve zu ›Gaynors Field Bar‹.

Und traute seinen Augen nicht. Da kam ein leuchtendgrüner Bus die Straße herunter, der vorn und an den Seiten den orange-weißen Schriftzug ›Doyle & McLeary Bustours‹ trug! Und am Steuer saß — Maureen. Seit wann besaß seine Schattenelfe einen Busführerschein? Welche Geheimnisse hatte sie noch vor ihrem Ehemann? Rasch komplimentierte er seine Gäste in das Lokal, sprach kurz mit dem Wirt und rannte zurück zum Parkplatz, wo Maureen gerade den neuen Bus neben dem alten zum Stehen gebracht hatte. Zischend glitt die Tür auf.

»Überraschung!«, rief sie, über das ganze Gesicht strahlend. »Wie es aussieht, komme ich gerade rechtzeitig. Freust du dich? Sieht irgendwie nicht so aus.«

»Wo kommst du denn so plötzlich her und woher weißt du überhaupt ... und warum, zum Teufel, fährst du ganz alleine diesen Bus?« Er hatte nur einen Fuß auf die Stufen gesetzt und sich am Türrahmen abgestützt.

»Bekomme ich keinen Kuss? Nein? Also gut. Erstens, ich komme aus Oughterard, wo ich in der Werkstatt vorbeigeschaut habe, nachdem ich auf der Bank war. Dort haben sie mir gesagt, dass du gestern nachgefragt hast, wie lange es mit der Lackierung noch dauert und sie dir gerade eine Nachricht geschickt hatten, dass der Bus abholbereit ist. Zweitens weiß ich schließlich, dass die Mittagspause am vierten Tag immer in der Field Bar stattfindet, also hätte ich, wenn ihr noch nicht da gewesen wärt, auf jeden Fall hier gewartet. Und drittens, mein Herr und Gebieter: Weil ich es kann, und seit vorgestern darf ich es auch. Vorläufig habe ich nur den Führerschein, aber ich werde auch noch die Erlaubnis zur Personenbeförderung beantragen. Und da du jetzt all meine Geheimnisse kennst, was ist nun mit dem Kuss?«

Mit einem Satz war er bei ihr und schloss sie in seine Arme, küsste sie ausgiebig. »Du bist unglaublich«, sagte er dann. »Wie kommst du nur auf solche Ideen?«

»Wenn der Ehemann die meiste Zeit nicht zu Hause ist, muss die brave Ehefrau sich anderweitig beschäftigen. Es kann schließlich nicht schaden, einen dritten Fahrer in petto zu haben, falls du oder Elmer einmal krank werden solltet. Und es ist geradezu ideal, wenn dieser bereits zum Familienbetrieb gehört.«

»Aber Ciara hat nie ...«, begann er, doch sie unterbrach ihn sofort.

»Deine Schwester hat schließlich zwei Kinder, damit hat sie genug zu tun.«

»Ich liebe dich, geheimnisvolle Schattenelfe.« Er küsste sie noch einmal. »Wie kommst du jetzt wieder nach Hause? Der alte Bus ist endgültig hinüber. Ich bin froh, es überhaupt bis hierher geschafft zu haben.«

»Oh, dann ist es ja doppelt gut, dass ich sofort hierhergefahren bin. Und jetzt kommt die wirklich letzte Überraschung: Ich habe ein Köfferchen dabei und baue darauf, dass du einen Schlafplatz für mich findest. Oder hast du etwas gegen einen weiteren Passagier für den Rest der Reise? Also nur bis Cong, Moira holt mich dann am ›Ashford Castle‹ ab.«

»In einem täuschst du dich, Maureen«, sagte er ernst. »Das war definitiv nicht die letzte Überraschung für heute.« Jetzt strahlte er. »Ich hätte schon die eine oder andere Idee. Warte, bis wir im Hotel in Westport sind und unsere Gäste schlafen. In meinem Bett ist immer Platz für dich.«

»Ich kann es kaum erwarten.«

»Wird heute leider etwas später. Nach dem Dinner fahren wir nach Gurteen.«

Gemeinsam luden sie das Gepäck der Gäste um und was Sean sonst noch aus dem alten Bus brauchte, dann gingen sie Arm in Arm zum Pub.

Im Doolough Valley ließ Sean seine Gäste aussteigen, sie ein Stück auf den Spuren des Hungermarsches laufen, sammelte sie nach knapp einer halben Stunde – in der er sich genussvoll mit seiner Frau beschäftigte – wieder ein.

Vor dem Hungerdenkmal (ein Schiff, komplett aus menschlichen Gerippen geformt) am Fuß des Croagh Patrick erzählte er mehr über die Kartoffelpest und die Auswanderungswelle Mitte des 19. Jahrhunderts. Dann führte er sie ein Stück den Berg hinauf, bis zur Statue des heiligen Patrick, der — wie einst Jesus in der Wüste — vierzig Tage auf dem Gipfel verbracht hatte, und währenddessen mit Hilfe einer Glocke alle Schlangen aus Irland vertrieb.

»Das ist natürlich eine Legende«, erklärte er seinen Gästen. »Die Schlangen stehen für das Heidentum, dem er ein Ende bereiten wollte. Dabei ging er sehr subtil vor, verteufelte nicht den alten Glauben, sondern bezog ihn in die Lehre des Christentums mit ein. Ihr seht, dass er ein Shamrock in der Hand hält. Anhand dieses Kleeblatts erklärte er die Dreieinigkeit von Vater, Sohn und Heiligem Geist, drei und doch eins. Neben der Harfe ist das eines unserer Nationalsymbole. Am letzten Sonntag im Juli, dem ›Reek Day‹, pilgern Tausende von Gläubigen auf den Gipfel des Croagh Patrick, um Absolution für ihre Sünden zu erhalten. Manche tun das sogar barfuß oder auf Knien. Ihr dürft gern den Aufstieg wagen, es dauert knapp zwei Stunden bis zur Kapelle, zurück eine halbe Stunde weniger. Das letzte Stück ist eine steile Geröllhalde ohne markierten Weg. Seid also vorsichtig und nehmt einen Stock mit; dort drüben kann man sich welche leihen. Unterwegs werdet ihr einen fantastischen Ausblick auf die Clew Bay haben. Und bitte, dreht sofort um, falls das Wetter sich verschlechtert. Meine Frau und ich werden nur ein kleines Stück mitkommen und dann hier auf euch warten. Es ist jetzt kurz nach halb zwei, spätestens zwanzig nach fünf fahren wir weiter nach Westport zum Hotel, das ist nur eine Viertelstunde von hier. Abendessen ist um sechs Uhr und danach habe ich noch eine kleine Überraschung für euch. Hat mit Musik und Tanz zu tun, ist aber kein Pub. Es wird lediglich Tee, Kaffee und Kekse geben, keinen Alkohol. Ich sagte euch ja gestern schon, dass wir heute einen langen Tag haben werden. Morgen geht es dann wieder entspannter zu.«

Während sie gemeinsam den Berg hinaufstiegen, spekulierten die Gäste darüber, wohin sie gehen würden. Einer hatte vom ›Town Hall Theatre‹ gelesen und dass es dort oft Folklore-Darbietungen gab, aber Sean schüttelte nur den Kopf. Knapp zwei Drittel der Engländer wollten den Aufstieg wagen, der Rest kehrte auf halber Höhe mit ihm und Maureen um und verbrachte die nächsten Stunden im Gift-Shop und im Café am Fuß des heiligen Berges.

Auf der Fahrt nach Gurteen erzählte Sean seinen Gästen: »Ihr wisst sicher, dass eure Vorfahren meinen Ahnen vieles verboten haben. Zum Beispiel die gälische Sprache. Dennoch unterrichteten wir unsere Kinder weiterhin in den alten Traditionen, natürlich nicht in den offiziellen Schulen, sondern an geheimen Orten, den sogenannten Heckenschulen. Manchmal fand der Unterricht tatsächlich im Freien statt, meistens aber in Ställen und Scheunen. Neben Gälisch stand auch Musik auf dem Lehrplan, das Spielen traditioneller Instrumente und das Singen der überlieferten Balladen. Aus jener Zeit stammen die Diddle-Songs, bei denen die Texte durch ›Diddle-di-dee-di-dum‹ et cetera ersetzt werden.« Er gab eine kurze Kostprobe zum Besten. »Sie werden meistens a capella gesungen, wobei zwei normale Suppenlöffel den Takt vorgeben. Diese hält man wie Ess-Stäbchen zwischen den Fingern einer Hand und schlägt sie mit der anderen auf dem Oberschenkel aneinander. Ähnlich verhält es sich mit den Tänzen, vor allem mit dem Stepptanz. Während Füße und Beine herumwirbeln, bleibt der Oberkörper nahezu bewegungslos und die Arme liegen fest an den Seiten an. Das kennt ihr natürlich, aber warum ist das so? Die Erklärung ist einfach. Da man immer damit rechnen musste, dass ein Polizist oder Offizier vorbeikam und durch eines der kleinen Fenster in die Stube schaute, konnte er so nicht sofort erkennen, dass verbotenerweise getanzt wurde.«

Es war fast Mitternacht, als sie vom ›Coleman Music Center‹ in Gurteen zurückkamen, wo sie den traditionellen Jigs und Reels gelauscht hatten, dargebracht auf Fidel, Akkordeon, Flöte, Harfe und Bodhran, einer Ziegenhauttrommel, die wie ein überdimensionales Tambourin aussieht. Die Gäste durften sogar versuchen, verschiedene Rhythmen mit dem handspannengroßen Klöppel zu schlagen und sich in einigen Tanzschritten üben. Stepptanz gab es natürlich auch, mit Besen oder auf einem umgedrehten Bottich. Das alles konnte man hier lernen, denn das Center war eigentlich eine Tanz- und Musikschule. Und zumindest für das Ehepaar McLeary war mit der Rückkehr ins Hotel die Nacht noch lange nicht vorbei, im Gegenteil — Schlaf wird oft überbewertet.

Sean genoß die nächsten drei Tage — und Nächte — außerordentlich und wünschte sich, dass Maureen ihn bald wieder auf einer kompletten Tour begleiten würde. Im ›Deserted Village‹ auf Achill Island hatte sie in ihrer eigenen Übersetzung das entsprechende Kapitel aus Heinrich Bölls irischem Tagebuch vorgelesen, das kaum einer der Engländer kannte, und alle hatten wie hypnotisiert an ihren Lippen gehangen.

»Triffst du dich mit Brigid, nachdem du deine Gäste zum Flughafen gebracht hast?«, fragte sie, als sie sich am ›Ashford Castle‹ verabschiedeten. Er nickte nur. »Sag ihr ›nächste Woche Donnerstag‹, sie weiß dann schon Bescheid.«

»Habt ihr drei Mädels wieder etwas ausgeheckt, während ich auf der nächsten Tour bin?«, fragte er schmunzelnd.

»Pyjamaparty«, sagte Maureen nur.

An der Reling des Schiffes, das ihn und seine Gäste nach Inchagoill Island bringen würde, drehte er sich noch einmal um und winkte ihr zu. Drei Monate, drei Wochen und vier Tage waren sie verheiratet und er vergaß allmählich, dass es je anders gewesen war. Seit gut einem Jahr hatte er mit keiner anderen Frau mehr geschlafen, was er nicht im Geringsten vermisste, im Gegenteil. Das hatte er sich früher noch weniger vorstellen können.

Er würde mit Brigid darüber reden — wieder einmal. Ab und zu wollte sie von ihm in die Arme genommen werden, wenn sie wieder einmal eine Panikattacke gehabt hatte, weil irgendein Kerl, mit oder ohne Absicht, ihr zu nahe gekommen war. Im Gegensatz zu Maureen, deren Puls in seiner Gegenwart anstieg, beruhigte sich Brigid, wenn er sie umarmte und küsste.

Erst kürzlich hatte sie ihn gebeten, sich auszuziehen, nur

um herauszufinden, ob sie ihn ansehen und seine Haut berühren konnte, ohne einen Anfall zu bekommen. Sie hatten sich gegenübergestanden und Brigid hatte ihre Hände so vorsichtig auf seine Brust gelegt, als handele es sich um eine heiße Herdplatte. Dann hatte sie über seinen Bauch und die Hüften gestrichen, sogar kurz mit dem Handrücken Strongboy gestreift, der nicht einmal ansatzweise gezuckt hatte. Wenigstens das bereitete ihm keine Sorgen mehr, denn Maureen musste ihn nur anschauen, und schon war er bereit.

»Umarmung?«, hatte er gefragt, aber sie hatte den Kopf geschüttelt und sich abrupt abgewandt. Also hatte er sich wieder angezogen.

»Vielleicht ein andermal. Wirst du Maureen hiervon erzählen?«

»Sie will gar nicht, dass ich ihr jedes Mal haarklein von unseren Treffen berichte. Aber falls sie danach fragt, werde ich es ihr natürlich sagen. Erzählst du es ihr? Bei eurer nächsten Pyjamaparty?«

»Wozu schlafende Hunde wecken? Obwohl ich als Wecker ein kompletter Versager bin, wie wir gerade wieder festgestellt haben. Was andererseits gut ist, schließlich hast du einen heiligen Eid geschworen, allen anderen Frauen zu entsagen.«

»Daran halte ich mich auch. Was zwischen uns passiert, hat nicht das Geringste mit Fremdgehen zu tun. Nur weil ich dich sehr lieb habe, bin ich noch lange nicht dein Liebhaber. Fühlst du dich jetzt besser?«

»Ein wenig. Ob ich allerdings je einem Fremden vertrauen kann, wie ich dir vertraue, steht auf einem anderen Blatt. Geh jetzt nach Hause und schlaf mit deiner Frau. Überzeug dich davon, dass dein kleiner Freund doch nicht tot ist.«

»Das werde ich. Ich schreib ihr rasch, dass ich unterwegs bin.«

»Damit sie dich gleich im Bett empfangen kann?«

Sie hatten beide gegrinst. »Oder auf der Couch, unter der Dusche, wo auch immer. Wir sind nicht besonders wählerisch, was den Schauplatz betrifft. Hauptsache, sie ist zuhause, wenn ich ankomme, und hält kein Schwätzchen mit Moira.«

»Ich werde Maureen am Donnerstag fragen, wo ihr es getrieben habt.«

»Könnte ein abendfüllendes Gespräch werden.«

»Hau schon ab, alter Angeber.«

Unterwegs hatte er sich das Gehirn zermartert, mit welchem seiner Freunde er ein Date für Brigid arrangieren könnte. Er traf sich nur noch selten mit Liam, Paul und Hector, die eher Pub-Kumpane als wirkliche Freunde waren. Früher hatten sie oft darum gewettet, wer am schnellsten bei einer Frau landen konnte, und meistens hatte er gewonnen. Seit er mit Maureen zusammen war und ihn diese Art von Zeitvertreib nicht mehr interessierte, warfen sie ihm vor, er sei langweilig geworden.

Kurz und gut: Keiner der Jungs erschien ihm einfühlsam genug, um Brigid dem Risiko auszusetzen, erneut in ihrem Trauma zu versinken, das sie nach gut vier Jahren halbwegs überwunden zu haben schien. Vielleicht ihr neuer Kollege, den sie als beinahe schüchtern beschrieben hatte. Aber dem würde er erst auf den Zahn fühlen müssen, ob das nicht nur eine perfide Masche war.

Wenigstens war sie vor Trevor Harrison sicher, der saß noch für ein weiteres Jahr sicher verwahrt im Knast; ›gefährliche Körperverletzung in minderschwerem Fall‹, hatte das Urteil gelautet. Nur, weil sie mit diesem Monster verheiratet war, der sie fast umgebracht hatte. Von den physischen und psychischen Folterungen — anders konnte man es nicht nennen — ganz zu schweigen, die sie jahrelang ertragen hatte.

Wie anders Maureens Leben verlaufen war: Innig geliebt von Victor, hatte sie *nur* mit seinem Tod fertig werden müssen. Was auch traumatisch war, doch immerhin hatte sie nur gute Erinnerungen an ihren ersten Mann. Und inzwischen sogar eine neue Liebe gefunden. Ausgerechnet bei ihm, Sean McLeary, für den Sex das Höchste aller Gefühle gewesen war, bis zu dem Tag, an dem sie sich in sein Herz und seine Seele geschlichen hatte. Dabei hätte er nicht sagen können, wann genau das passiert war.

Ich bin ein verdammter Glückspilz. The real Luck of the Irish. Er wäre ein kompletter Idiot, das jemals für eine unverbindliche, schnelle Nummer mit irgendeiner anderen Frau aufs Spiel zu setzen.

Beim Frühstück am nächsten Morgen — eigentlich eher ein Brunch — erzählte er Maureen, dass Brigid mit dem Gedanken spielte, die Einladung ihres neuen Kollegen anzunehmen.

»Nur zum Mittagessen, hat sie gesagt, aber schon das wäre ein echter Meilenstein. Ich würde diesem Norman gern mal auf den Zahn fühlen, mich davon überzeugen, dass er kein Wolf im Schafspelz ist, wie Trevor Harrison. Anfangs hat er sie wie eine kostbare Porzellanfigur behandelt, sie seine

Prinzessin genannt und ihr jeden Wunsch von den Augen abgelesen. Aber kaum waren sie verheiratet, hat er sein wahres Gesicht gezeigt. Spricht sie jemals mit euch darüber?«

»Nur andeutungsweise. Bei den kleinsten sexuellen Anspielungen verschwindet sie wie ein Einsiedlerkrebs in ihrem Schneckenhaus.«

»Ihr redet bei euren Pyjamapartys über Sex?«

»Klar, wenn es sich gerade so ergibt. Natürlich nur ganz allgemein. Wie willst du denn herausfinden, wie Norman tickt oder was er für Vorlieben hat? Du kannst ihn ja schlecht testen. Oder hast du am Ende Neigungen, die du mir bisher verschwiegen hast?«

»Garantiert nicht«, rief er empört. »Ein simples Männergespräch reicht völlig.«

»Und Brigid würde deinem Urteil vertrauen?«

»Wir haben uns schon immer blind vertraut. In allem.« Sean griff nach dem Brötchenkorb, in dem sich jedoch nur noch Krümel befanden. »Haben wir noch Toast?«

»In der Küche.« Maureen goss den letzten Rest Orangensaft in ihr Glas, kaum mehr als ein Schluck. »Davon kannst du auch noch etwas mitbringen.«

»Stets zu Ihren Diensten, *Madam*.« Er schmunzelte, stand auf und beugte sich zu ihr herunter. Eigentlich wollte er ihr nur einen kleinen Kuss geben, dehnte ihn dann aber aus und schob seine Hand in den Ausschnitt ihres Morgenmantels. Fühlte ihre Finger, die zwischen den Säumen seines Bademantels seinen Schenkel hinauf wanderten. Als sie oben ankam, keuchte er kurz auf. »Später, mein Engel. Lass mich erst wieder zu Kräften kommen.«

»Das bist du doch schon, soweit ich das fühlen kann. Aber gut, lass uns erst zu Ende frühstücken.« Sie zog ihre Hand zurück.

Schade eigentlich. Ein wenig steifbeinig ging Sean in die Küche.

»Was hältst du davon, wenn wir zu viert ausgehen?«, fragte er, während er zwei Brotscheiben in den Toaster steckte. »Vielleicht ins Kino und anschließend in ein Pub. Norman soll den Film aussuchen. Und wenn ihr Mädels dann gemeinsam den Waschraum aufsucht — warum machen Frauen das eigentlich? Ich meine, was macht ihr dort?«

»Na, was wohl? Nach dem Pinkeln restaurieren wir Frisuren und Make-up, führen Frauengespräche. Die drehen sich nicht zwangsläufig um Männer oder Kochrezepte. Was macht *ihr* auf dem stillen Örtchen? Stellt ihr beim Pinkeln Vergleiche an?«

»Das bringt nichts. Im entspannten Zustand lassen sich keine Rückschlüsse auf die Beschaffenheit der Erektion ziehen.« Er streckte seine Hand nach einer Käsescheibe aus, legte sie auf eine der Toastscheiben, sobald sie aus dem Toaster sprangen und reichte Maureen die andere. »Außerdem kommt es nicht darauf an, wie ein Penis aussieht, sondern was man damit macht. War so ziemlich das Erste, was ich gelernt habe.«

Maureen bestrich ihren Toast großzügig mit Moiras selbstgemachten Holundergelee, als er zurückkam.

»Da habe ich kaum Vergleichsmöglichkeiten«, sagte sie lässig. »Obwohl du schon der dritte Mann bist, der mir je seine Fertigkeiten demonstrieren durfte.«

»Welcher ist mein Platz auf dem Siegertreppchen?«

»Das ist doch kein Wettbewerb!« Sie biss krachend in ihren Toast, leckte einen Klecks Gelee aus ihrem Mundwinkel. Das hätte *er* gern gemacht.

»Bitte. Wie viele Punkte gibst du mir – auf einer Skala von eins bis zehn?«

»Na gut, wenn du es unbedingt wissen musst: fünfzehn.« Sie schmunzelte. »Fünf sind für die Optik. Können wir jetzt zum eigentlichen Thema zurückkommen? Warum willst du, dass dieser Norman den Film aussucht?«

Sean schluckte den letzten Bissen seines Käsetoasts hinunter. »Weil das Rückschlüsse auf seine Absichten zulässt. Wir lassen ihm die Wahl zwischen einem Problemfilm, einem Actionstreifen und einer romantischen Komödie, vielleicht noch etwas esoterisches. Ich habe keine Ahnung, was zurzeit in Galway läuft. Schau dir mit Brigid das Programm an und trefft eine Vorauswahl.«

»Was ist mit Filmen wie ›Harry und Sally‹ oder ›Freundschaft plus‹? Es gibt bestimmt noch andere in dieser Richtung.«

»Das ist vielleicht etwas zu viel des Guten. Aber von mir aus. Bist du satt? Magst du noch Kaffee? Ein Glas Saft?«

»Später.« Sie schlüpfte unter den Tisch, drückte seine Schenkel auseinander und sah lächelnd zu ihm auf. »Zuerst wird *Madam* ihrem *Prince Consort* zu Diensten sein.«

Oh ja, er war unzweifelhaft ein glücklicher Mann.

9.
Pyjamaparty

Die Pyjamapartys, wie sie ihre Mädelsabende nannten, fanden im Gegensatz zur ersten spontanen, nicht im Bett statt, und auch nicht in Pyjamas. Eines hatten sie aber beibehalten: Es gab immer Kakao, manchmal mit einem Schuss Rum, was Marens Idee gewesen war.

»Es heißt ›Lumumba‹, ich habe keine Ahnung, warum«, hatte sie erklärt. »Soweit ich weiß, wird im Kongo weder Kakao angebaut noch Rum gebrannt. In Norddeutschland nennen sie es ›Tote Tante‹. Wegen einer Frau, die von der Insel Föhr nach Amerika ausgewandert ist, aber unbedingt in ihrer Heimat bestattet werden wollte. Weil ihren Verwandten die Überführung zu teuer war, schmuggelten sie die Urne in einer Kakaokiste über den Atlantik. An der Nordseeküste ist Rum sehr beliebt, die Seeleute hatten auch immer ein Fass dabei. Man kippt ihn in den Tee oder einfach in heißes Wasser, was dann ›Grog‹ heißt. Vielleicht, weil man davon groggy wird.«

Jedenfalls wurden diese Abende meistens besonders albern. Sie trafen sich, nicht ganz regelmäßig, entweder in ›The Ferns‹, bei Brigid in Galway oder, wie dieses Mal, in Spiddal, wo sie zunächst Polly und Finn zu Bett gebracht und ihnen mit verteilten Rollen eine Geschichte vorgelesen hatten.

Maren schilderte anschaulich Seans Reaktion, als sie ihn

mit dem neuen Bus überrascht hatte. »Es ist doch nicht so ungewöhnlich, dass irische Frauen einen Bus fahren. Ich hab schon welche im Stadtbus in Galway gesehen.«

»Das war vielleicht eher die Erkenntnis, dass seine zarte Schattenelfe sich so etwas zutraut«, sagte Ciara. »Dabei war es ein Riesenglück, dass der alte Bus ausgerechnet in Leenaun seinen letzten Schnaufer getan hat. Stell dir vor, das wäre oben am Giants Causeway oder zwischen Bray und Enniscorthy passiert. Falls er kurzfristig keinen Bus hätte mieten können, hätte er die Tour abbrechen und wir den Leuten eine Entschädigung zahlen müssen. Und das, wo wir gerade erst in den schwarzen Zahlen sind.«

»Jedenfalls war er begeistert, dass du nicht sofort wieder nach Hause gefahren bist«, sagte Brigid, die es wissen musste.

»Na ja, ich hätte schon den Linienbus nach Oughterard nehmen können. Aber sollte ich mir etwa die Gelegenheit entgehen lassen, ein paar heiße Nächte mit meinem Mann zu verbringen? Wenigstens hat die Werkstatt sich bereiterklärt, den alten Bus abzuholen, und was sie von dem noch verwenden können, deckt fast die Abschleppkosten.«

Worauf Ciara wieder ihr Lieblingsthema zur Sprache brachte: »Heiße Nächte sind ja ganz nett, aber wann wirst du endlich schwanger? Wenn ich Elmer noch länger hinhalten muss, kommt Finn in die Community statt in die Primary School, wenn wir unser Drittes bekommen.«

»Tu dir keinen Zwang an. Vielleicht hätte ich gern ein wenig Anschauungsunterricht, bevor ich mich in das Abenteuer Schwangerschaft stürze.«

»Sean liebt Kinder — solange es keine eigenen sind«, sagte

Brigid. »Jedenfalls war das früher so. Wie wir wissen, hat sich vieles geändert.«

»Wie ich euch kenne, habt ihr das Thema bestimmt schon breitgetreten.« Maren versuchte immer noch, sich daran zu gewöhnen, dass Sean keine Geheimnisse vor Brigid hatte und hoffte nur, er plauderte keine intimen Details aus. Was aber nicht der Fall zu sein schien, denn sonst hätte er ihr seine Unterhaltungen mit seiner besten Freundin auch ausführlicher geschildert. Nahm sie jedenfalls an.

»Er sagt, er wäre noch nicht soweit, dich mit jemandem zu teilen, selbst wenn es sein eigen Fleisch und Blut sei. Und dass du seiner Meinung bist.«

»Da hast du's«, sagte Maren zu Ciara gewandt.

»Och Menno«, maulte diese und legte ein neues Holzscheit in den Kamin. Selbst Mitte Juni waren die Abende oft noch kühl.

»Wie war dein Date mit Norman?«, fragte Maren unterdessen Brigid und schlürfte ihren Kakao, der mit einem ordentlichen Schuss Rum versehen war.

»Das war kein Date. Wir sind in der Mittagspause mit drei anderen Kollegen im Bistro gewesen, Sam, Kate und Daisy. Ich glaube, da läuft was zwischen Sam und Daisy.«

»Ist der nicht verheiratet?«, fragte Ciara empört.

»Ist er, und er steht ganz schön unterm Pantoffel. Daisy himmelt ihn an; vielleicht täusche ich mich und er genießt einfach die Bewunderung, die er zuhause nicht bekommt. Was weiß ich schon von Beziehungen, legalen oder illegalen.«

»Wie auch immer. Sam ist unwichtig.« Maren winkte ab. »Erzähl von Norman.«

»Na ja, er ist höflich, freundlich, rückt mir nicht auf die Pelle. Manchmal bringt er mir ein Bagel mit oder begleitet mich nach Feierabend zur Bushaltestelle. Gestern hat er gefragt, ob wir im Pub noch etwas trinken wollen. Ich habe gesagt, ich hätte meiner Mutter versprochen, vorbeizukommen, also vielleicht ein anderes Mal. Als wir uns gerade verabschieden wollten, hat mir eine Tussi ihren Kinderwagen in die Fersen gerammt und ich bin gegen ihn gestolpert, also gegen Norman, nicht gegen den Kinderwagen. Er hat mich an den Oberarmen festgehalten.«

»Und?«, fragte Ciara, als Brigid schwieg.

»Ich hab's überlebt, wie ihr seht. Er hat mich gleich wieder losgelassen, die Tussi hat sich entschuldigt und ich bin in den Bus gestiegen.« Brigid trank einen großen Schluck von ihrem Lumumba.

»Und weiter? Lass dir doch nicht jedes Wort aus der Nase ziehen« beschwerte sich Maren. »Wie hast du dich dabei gefühlt?«

»Ich hatte Herzrasen und Ohrensausen, aber erst, als ich schon im Bus saß. Es ging alles viel zu schnell. Heute hat er mich gefragt, ob mit meinen Knöcheln alles in Ordnung wäre und sich dafür entschuldigt, dass er mich nicht eher zur Seite gezogen hat. Dabei kann er von Glück reden, dass er mich nicht grundlos angefasst hat. Das hab ich natürlich nicht gesagt.«

Dann sprachen sie über Seans Vorschlag mit dem Date zu viert und Brigid meinte, sie könnten sich bei der nächsten Pyjamaparty im Juli ja mal die Vorschau auf das Kinoprogramm ansehen.

Turnusgemäß fand diese in ›The Ferns‹ statt, was bedeutete, dass Ciara und Brigid, statt mit ein paar Promille zu viel auf unbeleuchteten Feldwegen in die Irre zu fahren, normalerweise dortblieben. Eine im Gästebett, die andere auf der Couch. Nie wollte eine auf Seans Seite des Bettes schlafen, obwohl es Maren nichts ausgemacht hätte.

»Habt ihr etwa Angst, ich könnte euch im Halbschlaf für Sean halten und unsittlich über euch herfallen?«, hatte Maren beim ersten Mal gefragt. »So besoffen kann ich gar nicht sein, dass ich den Unterschied nicht sofort merken würde.«

Trafen sie sich in Spiddal, fuhr Brigid meistens nach Hause, während Maren bei Ciara übernachtete. Ebenso, wenn sie sich in Galway trafen, da Brigid außer ihrem Einzelbett lediglich eine Luftmatratze und eine kleine Zweier-Couch zu bieten hatte.

Im August musste Ciara kurzfristig absagen, weil Finn plötzlich Fieber bekommen hatte und sie ihn nicht Noreen überlassen wollte, die gegenüber wohnte und gern den Babysitter spielte. Also fuhr Maren allein nach Galway.

Die Freundin machte einen etwas abwesenden Eindruck, wollte aber nicht mit der Sprache heraus. Die Unterhaltung schleppte sich irgendwie hin und Maren wünschte, sie hätten das Ganze verschoben, bis auch Ciara wieder dabei sein konnte.

»Soll ich lieber wieder gehen?«, fragte sie nach etwa

einer Stunde. »Du scheinst nicht ganz auf der Höhe zu sein, vielleicht hast du dir auch etwas eingefangen.«

»Nein, ich bin nicht krank.«

»Ist etwas passiert? Hat Norman ... ist er dir zu nahe gekommen? Deshalb war Sean doch vorgestern bei dir, bevor er nach Dublin gefahren ist.«

Maren dachte an ihre Unterhaltung, als er mittags seinen Koffer gepackt hatte.

»Therapiestunde«, hatte Sean gesagt. »Unser geplantes Date macht sie ziemlich nervös. Also werde ich sie wohl in den Arm nehmen.«

»Sie küssen? Ihr erlauben, mit Strongboy zu spielen?«, fragte Maren, obwohl sie es gar nicht so genau wissen wollte.

»Du machst dir völlig falsche Vorstellungen, Maureen. Brigid hat sich nie getraut, ihn auch nur flüchtig anzufassen, außer ein einziges Mal. Da waren wir zehn oder elf und ich fand es einfach nur komisch. Sie möchte mich nur ab und zu anschauen, wenn ich nackt bin. Ich komme mir dabei immer vor wie ein Aktmodell in einem Maleratelier.«

»Du ziehst dich vor ihr aus?«

»Na und? Ist dasselbe wie in der Sauna. Normalerweise reden wir nur, manchmal halte ich sie dabei in den Armen — natürlich immer vollständig bekleidet. Falls wir uns küssen, dann ...«

»Lass gut sein, Sean. Du bist mir keine Rechenschaft schuldig. Eigentlich unterliegst du als selbsternannter Therapeut sogar der Schweigepflicht.«

Kurz nach Mitternacht hatte er ihr eine WhatsApp geschickt, er sei erst jetzt im Hotel angekommen und hundemüde.

Als sie gestern Abend telefoniert hatten, hatte er gesagt, dass er kaum das Ende der Tour erwarten könne und die vier Tage Pause bis zur nächsten. In der Zeit würden sie sich unter anderem den Film anschauen, den Norman vorgeschlagen hatte: ›Yesterday‹. Surreal, romantisch, lustig. Das hatte Sean jedoch nicht erwähnt, dann hatte er plötzlich gesagt, er wolle mit ihr über seinen Besuch bei Brigid sprechen, allerdings nicht am Telefon.

»Ich wünschte, du wärst hier, Maureen. Ich liebe dich so sehr und du fehlst mir.«

»Ich vermisse dich auch. Ich liebe dich, Sean. Schlaf gut und träum von mir.«

Sie selbst hatte nach Monaten wieder einen dieser verstörenden Träume gehabt, in dem Victor plötzlich neben ihrem Bett stand, während sie mit Sean schlief. Oder war es umgekehrt? Jedenfalls sagte einer der beiden: »Kaum kehre ich dir den Rücken zu, betrügst du mich mit einem anderen Mann.«

Sofort hatte sie ein schlechtes Gewissen, versuchte dennoch, sich zu rechtfertigen.

»Ich kann keinen von euch betrügen, weil du tot bist, Victor. Geh zurück in dein Grab, wo du hingehörst.« Daraufhin fühlte sie sich noch miserabler.

Aber dann war es Sean, der sich mit den Worten: »Ich geh dann wohl besser, es war sowieso ein Fehler, dich zu heiraten«, buchstäblich in Staub auflöste.

Victor war ebenfalls verschwunden und sie fühlte sich unendlich einsam. Das Dach über ihr hatte riesige Löcher, aber sie konnte keine Sterne sehen, nur Wolken. Eine Menge tiefschwarzer Wolken, aus denen schwere Tropfen auf sie herunterfielen.

Maren verdrängte ihre Erinnerungen und konzentrierte sich wieder auf Brigid.

»Die Situation ist — kompliziert«, murmelte diese gerade, schwieg aber sofort wieder.

»Es ist in Ordnung für mich, wenn du nicht darüber reden willst.«

Brigid nickte und stand auf. »Ich mach uns mal einen Tee, der Lumumba ist nur noch lauwarm, und heute sowieso nicht das Richtige.«

Als sie kurz darauf die dampfenden Teetassen auf den Couchtisch stellte, schien sie sich wieder gefangen zu haben. Dann setzte sie sich mit untergeschlagenen Beinen auf den Sessel.

»Es hat nichts mit Norman zu tun.«

»Es geht doch nicht um Trevor Harrison?«, fragte Maren alarmiert. »Ist er aus dem Gefängnis ausgebrochen und bei dir aufgetaucht? Weiß er eigentlich, wo du wohnst?«

Brigid schüttelte den Kopf. »Zum Glück nicht. Noch nicht. Komisch, dass du ihn erwähnst. Vorhin hat mein An- walt angerufen und mir mitgeteilt, dass er eventuell vorzei- tig entlassen wird. Wegen guter Führung. Die Anhörung ist nächste Woche.«

»Das ist ein Witz, oder? In einem Männergefängnis kann er ja wohl schlecht Frauen misshandeln. Wenn sie ihn wirklich rauslassen, brauchst du eine einstweilige Verfügung, dass er sich dir nicht nähern darf. Weiß er, dass du inzwi- schen wieder deinen Mädchennamen angenommen hast?

Vielleicht sucht er dich ja in West Cork. Falls er dich überhaupt sucht.«

»Ich bin weder unter Harrison noch unter Kennedy gemeldet, also könnte er es höchstens über die Wählerlisten rausfinden. Möglich, dass er das tut, immerhin hat er den kostenlosen Aufenthalt in einem staatlichen Null-Sterne-Hotel mir zu verdanken.«

»Den hat er sich selbst zuzuschreiben. Sind die Wählerlisten überhaupt öffentlich?«

»Keine Ahnung.« Brigid hob die Schultern, griff nach ihrer Teetasse und trank in winzigen Schlucken. »Ich habe ein Jobangebot«, sagte sie nach einer Weile erneuten Schweigens plötzlich. »Vielleicht sollte ich es einfach annehmen.«

»Ach ja? Von wem denn? Willst du etwa weg aus Galway?«

»Die Geschäftsführerin einer der Firmen, die wir in der Kanzlei betreuen, geht nächsten Monat zurück ins Stammhaus. Vorgestern hat sie mich gefragt, ob ich mitkommen will. Als ihre Assistentin. Wie jetzt auch, würde ich mich hauptsächlich um Korrespondenz und Termine kümmern. Wäre vielleicht eine Möglichkeit. Obwohl … Ich glaube, sie mag mich — irgendwie.«

»Bist du sicher? Vielleicht ist sie nur an deiner Arbeit interessiert, nicht an dir persönlich. Aber egal. Willst du denn nach Dublin? Das wäre zwar sehr schade, ist aber nicht aus der Welt. Sind ja nur zweieinhalb Stunden Fahrt. Wir könnten unsere Pyjamapartys bei dir um Shoppingtouren in der Grafton Street erweitern. Ciara wird begeistert sein.«

»Nicht nach Dublin. Nach Chicago.«

»Chicago«, wiederholte Maren fast tonlos, dann lauter: »Amerika? Das ist nicht dein Ernst. Hast du schon zugesagt oder kannst du es dir noch überlegen?«

»Ich habe gesagt, ich müsste ein paar Tage darüber nachdenken, bevor ich mich entscheide. Mit meiner Familie reden.«

»Davon hat Sean gar nichts gesagt. Nur, dass du eine Therapiestunde bräuchtest, weil du nervös wärst wegen Norman und unserem Vierer-Date nächste Woche.«

Maren dachte daran, dass es in Amerika an jeder Ecke Psychiater gab. Dort gehörte es fast zum guten Ton, regelmäßig einen aufzusuchen, auch wenn man gar keine wirklichen Probleme hatte. Für Brigid wäre ein Profi allerdings von Anfang an die bessere Wahl gewesen, was sie nie gesagt hatte, weder zu Sean noch zu Brigid. Etwas an dem Verhalten ihrer Freundin war seltsam. Sie wusste nur nicht, was.

»Konnte er auch nicht.« Brigid nippte an ihrem Tee. »Ich hab's ihm erst erzählt, als er hier war.« Dann starrte sie in ihre Tasse, als fände darin die alljährliche Galway-Hooker-Regatta statt.

»Und was meint er dazu?«

»Du kannst dir vorstellen, dass er nicht gerade begeistert war von Chicago. Aber er hat auch nicht versucht, es mir auszureden. Und was Chris betrifft, also meine potentielle neue Chefin und vielleicht … Er meinte, ich könnte es ja mal ausprobieren. Weil es eventuell ein Grund wäre, für — du weißt schon.« Sie stellte ihre Tasse ab.

»Hast du je daran gedacht? Also, ob du Frauen lieber magst als Männer.«

Manche erkannten erst spät ihre wahren Neigungen,

und es würde einiges erklären, was Brigid ihnen über ihre Ehe berichtet hatte. Andeutungsweise, quasi in Häppchen.

Brigid schüttelte energisch den Kopf. »Versteh mich nicht falsch, ich hab nichts gegen Lesben. Deine Freundinnen fand ich echt nett und keine von beiden wirkte maskulin. Manche Homos benehmen sich ja derart tuntig, dass es einfach nur widerlich ist — also Männer. Nein, ich hab nie darüber nachgedacht, bis Sean das gesagt hat. Dann hab ich gesagt, er könnte mir helfen, es herauszufinden und ihn an sein Versprechen erinnert. Er war fantastisch, aber das weißt du nur zu gut.« Jetzt klang sie beinahe neidisch. »Wenn ich geahnt hätte … Ist es jedes Mal so?«

Maren erstarrte. *Sag, dass es nicht wahr ist!*, schrie alles in ihr. *Sag, dass meine Welt sich weiterdreht.* Doch alles, was sich drehte, war das Karussell in ihrem Kopf. »Sagst du mir gerade, dass du mit meinem Mann geschlafen hast?!«

»Entschuldige, das ist mir so rausgerutscht. Er wollte es dir selbst sagen. Nach der Tour. Es war allein meine Idee.«

»Es ist scheißegal, wessen Idee es war! Dazu gehören immer zwei!« Marens Stimme überschlug sich, sie sprang auf und lief aufgebracht hin und her. Nur vier Schritte in jede Richtung, mehr gab das kleine Zimmer nicht her. Überhaupt schien ihre Welt geschrumpft zu sein, auf eine einzige Tatsache: »Ihr habt mich betrogen, alle beide.«

»Haben wir nicht«, widersprach Brigid eindringlich. »Sean hat lediglich sein Versprechen mir gegenüber eingelöst. Wir haben dir davon erzählt; in dem Café, nachdem ihr eure Ringe gekauft hattet. Ich habe mich in all den Jahren nie dazu durchringen können, ihn darum zu bitten.«

Wie könnte Maren diesen absurden Schwur je vergessen? ›Ich werde dir beweisen, dass Sex nichts mit Gewalt zu tun hat. Wann immer du dazu bereit bist‹.

»Du tickst doch nicht richtig«, fiel sie Brigid ins Wort und blieb endlich stehen, die Hände auf die Lehne des Sessels gestützt.

»Das ist allseits bekannt.« Brigid griff nach ihrer Teetasse, trank aber nicht.

»Er hätte *nein* sagen können. Sagen *müssen*.«

»Sean hat noch nie ein Versprechen gebrochen.«

»Und was ist mit dem Versprechen, das er mir gegeben hat? Vor Gott und hundert Zeugen, nicht in einer windigen Dachkammer! Was an dem Schwur ›allen anderen zu entsagen‹ hast du nicht verstanden? Sean ist *mein* Mann und du hattest kein Recht, ihn das auch nur eine Sekunde vergessen zu lassen. Hast du mir deshalb die gute Freundin vorgespielt? Um mich leiden zu sehen?«

»Ich habe dir nichts vorgespielt. Was Sean und mich verbindet, hat nichts mit Liebe zu tun. Wir sind wie die zwei Seiten einer Medaille, untrennbar verbunden und dennoch nie zusammen, während ihr Yin und Yang seid — eins ist nichts ohne das andere.«

»Verschon mich mit deinem irisch-poetischen Scheiß«, unterbrach Maren sie aufgebracht. »Erwartest du ernsthaft, dass ich zur Tagesordnung übergehe, nachdem du meine Ehe zerstört hast? Vergiss es.«

»Tatsache ist, Sean liebt dich, er braucht dich, Maureen. Mich braucht er nicht. Schon lange nicht mehr. Er hat damals die Verantwortung für mich übernommen, wofür ich ihm ewig dankbar bin, aber Liebe ist dabei nicht im Spiel. Nach dem Desaster mit Trevor habe ich mir geschworen, nie wieder mit einem Mann zu schlafen — auch nicht mit Sean. Ich war unsicher, ob ich es wirklich durchziehen könnte und er hat versprochen, sofort aufzuhören, wenn ich mich unwohl dabei fühle. Aber nachdem er ...«

»Mein Mann ist verdammt gut, nicht wahr? Ein wahrer Meister auf seinem Gebiet«, sagte Maren mit aller Gehässigkeit, die sie aufbringen konnte. Hoffte, damit den Schmerz betäuben zu können, was nicht funktionierte. Leise und eindringlich fuhr sie fort: »Komm mir ja nicht mit fragwürdigen Argumenten wie ›ein Mal ist kein Mal‹. Ein verheirateter Mann, der mit einer anderen als seiner Ehefrau schläft, begeht Ehebruch. Punkt! Es spielt keine Rolle, wessen Idee es war, ob er es wollte oder nur dir zuliebe getan hat. Du glaubst, alles ist gut, wenn du nach Amerika gehst? Du hinterlässt hier einen Scherbenhaufen und fängst einfach neu an?«

»Einfach wird das sicher nicht. Wie es aussieht, ist es aber wohl das Beste, was ich für Sean und dich tun kann. Und nebenbei sogar für mich.«

»So einen großen Eimer Kleber gibt es auf der ganzen Welt nicht. Ich will dich nie mehr wiedersehen oder nur ein einziges Wort von dir hören. Und ich verbiete dir, Sean anzurufen, sobald ich aus der Tür bin. Du hast schon mehr als genug angerichtet, bring ihn nicht auch noch dazu, die Tour abzubrechen, um sich für etwas zu rechtfertigen, das nicht wiedergutzumachen ist.«

Damit stand sie auf und verließ Brigids Wohnung. In

der Sean seinen Treueschwur gebrochen hatte, nach kaum einem halben Jahr Ehe. Ihre Zukunft lag so schwarz vor ihr wie die Nacht, durch die sie fuhr.

Hinterher hätte sie nicht sagen können, wie sie es geschafft hatte, nach ›The Ferns‹ zu kommen, ohne im Graben zu landen.

Sean saß am Küchentisch und raufte sich verzweifelt die Haare.

»Das kann sie doch nicht tun, Ciara«, sagte er erstickt. »Maureen kann mich doch nicht einfach rauswerfen. Sie hat gesagt, sie lässt sich von mir scheiden.«

»Dazu hat sie auch jeden Grund. Ich frage mich, wieso wir auch nur eine Minute glauben konnten, du hättest dich geändert. Einmal ein Filou, immer ein Filou. Lange hast du es ja nicht ausgehalten, den treuen Ehemann zu spielen. War das überhaupt das erste Mal, dass du fremdgegangen bist?«

»Ich bin nicht fremdgegangen! Mein Gott, es war Brigid!«, brauste er auf. »Wir hatten eine Abmachung, verdammt nochmal. Hätte ich sie zurückweisen sollen, als sie meine Hilfe brauchte? Ich wollte es ja nicht, wirklich nicht.«

Elmer schlug mit der Faust auf den Tisch. »Respekt, Schwager. Ein Mann, der sogar kann, wenn er nicht will. Reife Leistung.«

»Ihr versteht das nicht. Ich habe meine Frau nicht betrogen. Ja, ich habe mit Brigid geschlafen, aber das ist — war — etwas anderes. Ein klinisches Experiment, wenn du so willst, noch dazu ein einmaliges. Maureen wusste von meinem Versprechen, und dass es allein Brigids Entscheidung war, ob und wann ich es einlöse.«

»Hörst du dir eigentlich selbst zu, Bruder? Du hattest Sex mit einer anderen Frau. Es spielt keine Rolle, wer sie war. Glaubst du, eure Doktorspielchen wären in Ordnung, nur weil ihr wie Geschwister aufgewachsen seid? Das macht es eher noch schlimmer. Du hast dich offenbar um deinen Verstand gevögelt, im wahrsten Sinne des Wortes.«

»Wir haben nie … es war nur dieses eine Mal, was hätte ich denn tun sollen?«

»*Nein sagen?* Aber das hat ja noch nie zu deinem Wortschatz gehört, wenn es um Frauen geht.« Elmers Blick war eiskalt. »Sag, bist du wirklich so bescheuert oder tust du nur so? Dann machst du das aber perfekt. Wie alles andere anscheinend auch.«

»Maureen glaubt, wir hätten sie von Anfang an hinters Licht geführt und uns köstlich darüber amüsiert. Sie muss doch wissen, dass das nicht stimmt. Sie weiß, dass ich sie liebe. Sie ist mein Ein und Alles. Mein Leben war viel einfacher, als ich nur — na ja, Trophäen gesammelt habe. Niemals Gefühle investieren. Vielleicht hätte ich dabei bleiben sollen.« Noch während er es sagte, schüttelte er den Kopf. »Sie hat gesagt, ich soll mit Brigid nach Amerika verschwinden, dann könnten wir tun und lassen, was wir wollten. Aber ich will nur Maureen. Was soll ich denn jetzt tun? Ich will sie nicht verlieren.«

»Dann kämpfe um sie«, sagte Ciara energisch.

»Wie denn, wenn sie mich nicht sehen will? Wir haben jeden Abend telefoniert, wie immer, wenn ich unterwegs bin. Sie hat sich kein bisschen anders benommen; wie hätte ich merken sollen, dass etwas nicht stimmt? Brigid hat sich gar nicht gemeldet, also bin ich davon ausgegangen — egal. Wenn ich gewusst hätte . . .«

»Dann hättest du die Tour abgebrochen, nicht wahr? Dir wären die Konsequenzen für unsere Firma scheißegal gewesen«, brachte Elmer es auf den Punkt. »Auf die Schnelle hättest du kaum einen Ersatz für dich organisieren können. Falls du überhaupt daran gedacht hättest. Maureen ist eine kluge Frau. Erstaunlich, dass sie sich von einem Blender wie dir hat einwickeln lassen. Oder soll ich besser auswickeln sagen?«

»Maureen liebt mich. Zumindest hat sie mich geliebt.«

Sean legte den Kopf auf seine auf dem Tisch verschränkten Arme. Was, wenn sie ihn wirklich nicht mehr liebte? Wenn sie ihre Drohung wahrmachte und sich von ihm scheiden ließ? Vielleicht nach Deutschland zurückging? Womöglich zu L.B.? Nein, das würde sie nicht tun. Sie hatte gesagt, das mit L.B. sei ein Fehler gewesen, und Fehler seien nur dazu da, um daraus zu lernen, nicht, um sie zu wiederholen. Was, wenn sie beschloss, dass die Ehe mit ihm auch ein Fehler gewesen war? Nein, nein, nein, das durfte nicht sein, das konnte er nicht zulassen. Ein Leben ohne sie . . . *lieber Gott, diese Strafe habe ich doch nicht verdient. Nicht einmal ich.*

»Geh schlafen, Sean«, sagte Ciara und legte ihm eine Hand auf den Kopf. »Ich habe dir das Gästebett gerichtet. Heute Abend wirst du keine Lösung mehr finden. Wir reden morgen weiter.«

Wie sollte er schlafen können? Sein Leben, seine Zukunft

lag in Trümmern. Er würde nie wieder ein Auge zutun können, wenn er Maureen wirklich verloren hatte.

Trotzdem stand er auf und schleppte sich die Treppe
hoch. Schrieb eine WhatsApp an Brigid:

> Ich habe dich gebeten zu schweigen,
> bis ich mit Maureen gesprochen
> habe. Warum hast du es ihr
> trotzdem erzählt?

Sie schrieb sofort zurück:

> Es tut mir leid. Alles.

Er rief sie an, aber sie drückte ihn weg. Drei Mal. Beim
vierten Versuch hörte er ›Teilnehmer nicht erreichbar‹. Dann
gab er auf.

10.

Traumscherben

»Du siehst aus wie etwas, das die Katze herausgewürgt hat«, empfing Ciara ihn am nächsten Morgen.

»So fühle ich mich auch. Durchgekaut und ausgekotzt.«

Wahrscheinlich war er doch irgendwann eingeschlafen, denn es fehlten ihm ein paar Stunden. Er setzte sich an den Küchentisch und griff nach der Tasse Kaffee, die Ciara vor ihn hinstellte. Hoffte in einem Winkel seines wunden Hirns, dass alles nur ein Albtraum gewesen war. Aber warum war er dann hier und nicht in ›The Ferns‹? Er sollte bei Maureen sein, sollte Himmel und Hölle in Bewegung setzen, um zu retten, was noch zu retten war.

War eigentlich heute ihr Bürotag? Dann käme sie gleich zur Tür herein. Und er saß hier und sah aus wie … spielte das eine Rolle?

Anscheinend deutete Ciara seinen Blick zur Uhr und dann zur Tür richtig, denn sie sagte: »Nein, sie kommt heute nicht.«

»Leihst du mir dein Auto? Ich muss zu ihr.«

»Lass sie in Ruhe.«

»Aber du hast doch selbst gesagt …«

»Lass sie in Ruhe«, wiederholte Ciara. »Du würdest in deinem Zustand alles nur noch schlimmer machen, als es eh schon ist. Denk nach, überleg dir eine Strategie. Aber es muss schon eine verdammt gute sein.«

»Vielleicht sollte ich zu Brigid fahren, mir ihre Version anhören. Eventuell hat sie eine Idee, was ich tun kann. Leihst du mir dein Auto?«

»Du wiederholst dich. Und ich brauche mein Auto selbst. Außerdem ist es keine gute Idee, zu Brigid zu fahren, nach allem, was passiert ist. Wer weiß, ob sie nicht ein zweites *klinisches Experiment* starten will? Wie wir beide wissen, hast du schon als Kind alles getan, was sie von dir verlangt hat. Du musst dich ja mächtig ins Zeug gelegt haben. Obwohl ich auch gehört habe, Sex sei das Beste, was du zu bieten hast.«

»Du glaubst doch nicht, ich würde … Herrgott noch mal! Hältst du mich wirklich für ein schwanzgesteuertes Arschloch? Ich habe gerade ganz andere Sorgen.«

»Ja, die hast du. Weil du nicht denken kannst, wenn dir das Blut unterhalb deines Bauchnabels sackt. Was es allzu häufig tut.«

»Das, liebe Schwester, ist gerade nicht mein Problem.«

»Eben. Toast?«

»Ich habe keinen Hunger.«

»Iss trotzdem, damit du bei Kräften bleibst. Hast eh kaum was auf den Rippen.«

Also kaute er lustlos auf einem Toast, stach seine Gabel in das goldgelbe Rührei, den knusprigen Speck, träufelte Honig auf eine weitere Scheibe gebutterten Toast. Schmeckte nichts von alldem. Aber er fühlte sich ein klein wenig besser, rein körperlich. Seine Seele schrie weiterhin vor Qual.

»Will Brigid immer noch nach Amerika?«, fragte er.

»Ist das alles, was dich interessiert? Ist ja sehr aufschlussreich.«

»Póg mo thóin.«

»Dir den Arsch küssen? Das hättest du wohl gern. Ich bin deine Schwester!«

»Und warum bist du dann gegen mich statt für mich?«

»Weil du es nicht anders verdient hast. Hat alles, wovon ein Mann nur träumen kann und wirft es einfach weg. Vielleicht sind wir ja doch nicht verwandt.«

»Was ist mit unserem identischen Leberfleck? Brauchst du mehr Beweise?«

»Welche Beweise brauchst *du*? Du weißt, was du getan hast, du weißt, dass Maren weiß, was du getan hast. Wenn du deine Frau wirklich liebst, dann denk darüber nach, wie du sie von deinen verdrehten Moralvorstellungen überzeugen kannst. ›Es war nur Brigid‹, als ob das nicht zählt. Du hast mit einer anderen Frau geschlafen, und das ist nun mal Ehebruch, egal, wie lange du sie kennst, oder ob du sie gerade erst von der Straße aufgegabelt hast.«

»Es *ist* ein Unterschied. Ihr begreift das alle nicht«, beharrte er. »Und ich habe noch nie wahllos Frauen von der Straße aufgegabelt, das ist nicht mein Stil.« Er schaute Ciara mit gequältem Blick an. »Glaubst du, dass Maureen mich trotzdem noch liebt?«

»Hätte sie so reagiert, wenn es anders wäre?«

»Vielleicht hasst sie mich jetzt einfach noch mehr, als sie mich je geliebt hat. Verdreh nicht so theatralisch die Augen, sie könnten dir herausfallen.«

»Räum deinen Kram weg, ich muss jetzt los.«

»Und du könntest mich nicht vielleicht . . .«

»Ich werde dich weder zu ›The Ferns‹ noch nach Galway

kutschieren. Elmer ist übrigens im Büro, da solltest du gelegentlich auch mal wieder reingehen.«

Jetzt verdrehte er die Augen. Auf Geschäftliches konnte er sich gerade überhaupt nicht konzentrieren. *Wenn ich mit einem Problem nicht weiterkomme, lege ich es auf die Seite und beschäftige mich mit etwas ganz anderem. Meistens finde ich dabei die Lösung,* hörte er Maureens Stimme in seinem Kopf. Seine Schattenelfe war eine kluge Frau. Vielleicht sollte er genau das auch einmal versuchen.

Sean räumte Geschirr und Besteck in die Spülmaschine und ging nach vorne ins Büro zu Elmer.

Es kam selten genug vor, dass sie gleichzeitig einen oder zwei Tage Pause hatten und so gab es einiges zu besprechen. Geschäftliches. Zu Seans privatem Problem äußerte Elmer sich nicht. Schließlich legte er demonstrativ Block und Kugelschreiber vor ihm auf den Tisch und sagte lediglich: »Besinn dich darauf, dass du noch etwas anderes kannst als reihenweise Frauen flachzulegen, Sean.«

Maren war darauf vorbereitet, dass Sean am nächsten Tag vor ihrer Tür stehen, sie anflehen und ihr das Blaue vom Himmel versprechen würde, wenn sie ihn nur hereinließ und ihm eine Chance gab, sie seiner Liebe zu versichern. Den Teufel würde sie tun. Sie würde ihn erneut hinauswerfen, falls er es wagen sollte, auch nur einen Fuß über ihre Schwelle zu setzen. Er kam nicht. Auch nicht am nächsten Tag.

Sie wurde zornig. Was bildete er sich ein? Dass sie zu

ihm kommen würde? *Er* war der Betrüger. *Er* hatte ihre Liebe verraten. Sie hatte alles Recht der Welt, wütend auf ihn zu sein. Aber Wut braucht ein Ziel. Ein greifbares Ziel. Und er besaß die Unverfrorenheit, ihr das vorzuenthalten.

Am dritten Tag gestand sie sich ein, dass er ihr fehlte.

Am vierten Tag stellte sie fest, dass ihre totgeglaubte Liebe lebendiger war, als sie je für möglich gehalten hätte. *Du bist ein Schwächling, Maureen McLeary.* Allein ihren Namen auszusprechen, ließ ihr Herz heftiger klopfen. *Er hat dich mit seinem elenden Sean-McLeary-Virus infiziert. Hat dich süchtig gemacht, und setzt dich jetzt auf Entzug. Cold Turkey.* Sie wünschte ihm alles Übel der Welt an den Hals — und sonst wohin. Vor allem sonst wohin. *Abfaulen soll er dir, dein vermaledeiter Strongboy!*

Inzwischen stand fest, dass Sean nicht kommen würde. Er war auf dem Weg nach Nordirland. Dorthin, wo alles begonnen hatte. Ihre erste gemeinsame Tour. Seine eindeutig zweideutigen Anspielungen. Die sie ignoriert oder ihm mit gleicher Münze heimgezahlt hatte. Was beides nicht geholfen hatte, als er plötzlich in ›The Ferns‹ stand, unrasiert und heiß. Glühend heiß. Pure Lava. Und sie hatte sich bedenkenlos hineingestürzt, hatte nicht genug davon bekommen können, bis sie zu dem jämmerlichen Häufchen Asche verbrannt war, als das sie jetzt hier saß.

Allein. Um eine verlorene Liebe weinend. Wieder einmal. Als Victor starb, war sie überzeugt, das sei das Schlimmste, was ihr je widerfahren könnte. Das hier war schlimmer. Weil Sean lebte. Warum war er nicht zu ihr gekommen? Hatte er nur darauf gewartet, dass sie ihm das Wort *Scheidung* entgegenschleuderte? Wenn er sie wirklich so sehr liebte, wie er immer behauptete, hätte er doch nicht so leicht aufgegeben!

Andererseits stellte er sich ungern Problemen, lief lieber davon, statt nach Lösungen zu suchen. Einmal bis nach Australien. Aber dann war er zurückgekommen, um sich der Probleme eines anderen Menschen anzunehmen. Und war dabei letztendlich zu weit über das Ziel hinausgeschossen. Viel zu weit. Zu weit, um den Rückweg zu finden? Falls er den überhaupt suchte.

Obwohl sie wusste, dass es nicht sein konnte, rannte sie zur Tür, als sie draußen einen Motor hörte, der nicht zu einem Traktor gehörte. Ihr Herz setzte aus, als sie etwas Grünes den Weg heraufkommen sah. Aber es war kein Bus mit orange-weißem Logo, sondern lediglich das Postauto. Sie stieß die angehaltene Luft aus, entließ mit ihr sowohl Aufregung als auch Enttäuschung und nahm den Umschlag entgegen, den der Postbote ihr reichte. Kleines Schwätzchen — ohne ging es nie — dann fuhr er weiter.

Sie setzte sich an den Esstisch und schlitzte den Umschlag auf.

Du schenktest mir einen Traum, den ich alleine nie zu träumen wagte.

Der nur zu zweit geträumt werden kann.

Ich bin nicht sanft aufgetreten,
bin darauf herumgetrampelt wie ein Elefant,
der es besser wissen sollte.

Ich habe dich in einem Scherbenhaufen zurückgelassen.

Nun habe ich nur einen einzigen Wunsch:
Die Bruchstellen zu kitten.

Ich liebe dich, Maureen.

Sean.

Dieser vermaledeite … Ire! Benutzte ihre Vorliebe für Yeats, um sich einzuschleimen. Diese poetische Ader, die einen zu Tränen rührte, selbst wenn man das gar nicht wollte, hatte er bisher gut versteckt. Das Blatt Papier in ihrer Hand zitterte, und als sich ein Tropfen von ihrer Wange löste, wischte sie ihn schnell weg, bevor die Tinte verlaufen konnte. Trotzdem besaß der *Elefant* jetzt einen kleinen Rüssel.

Der Postbote brachte ihr jeden Tag einen weiteren Brief; jeden Tag las sie ein neues Gedicht, und jedes endete mit: *Ich liebe dich, Maureen. Sean.*

Eines Morgens, als sie mit Ciara im Büro saß, fragte sie so beiläufig wie möglich: »Hast du gewusst, dass dein Bruder Gedichte schreibt?«

Ciara sah von den Prospekten auf, die sie gerade sortierte. »Ach, tut er das?«

»Jeden Tag. Ich frage mich, wo er die Zeit dafür hernimmt.«

Ciara lächelte verträumt. »Elmer hat das auch getan, damals, als er mir den Hof gemacht hat. Wirklich, das hat er. Die sind verdammt gut, er könnte sie ohne Weiteres veröffentlichen, aber er meint, sie seien zu privat.«

»Glaubst du, dass Elmer für ihn …«

»… den Ghostwriter spielt? Niemals. Sean wollte Literatur studieren, mit Nebenfach Geschichte, inklusive drei oder vier Semester in Oxford. Womöglich hättet ihr euch dort getroffen, stell dir das mal vor! Er hat sogar von einer Professur geträumt.«

Und von einem Hörsaal voller Studentinnen, die an seinen Lippen hängen, im übertragenen wie im wörtlichen Sinn, dachte Maren, fragte aber lediglich: »Warum hat er es nicht durchgezogen? Weil sein Notenschnitt nur für das Studium der holden Weiblichkeit gereicht hat?«

»Unterschätz ihn nicht. Er war schon in der Primary School ein A-Schüler. Du kennst unser Schulsystem?« Maren nickte. »Er wurde nach seinem vorgezogenen Junior Certificate direkt zum Transition Year des Senior Cycles zugelassen. Ich habe nie verstanden, warum der King ihn überhaupt auf die Voluntary Secondary statt auf die Vocational School gehen ließ. Jedenfalls hat er ihn nach dem zweiten Trimester kurzerhand ganz abgemeldet und ihn gezwungen, Obstbäume zu veredeln und Grabkränze zu binden. Hat Sean dir nie davon erzählt?«

»Er spricht nicht gern über diese Zeit. Langsam verstehe ich, warum.«

»Ist er gut? Also als Poet. Ich meine, *wirkt es?* Hey, du musst nicht gleich rot werden. Ich deute das mal als *ja,* richtig? Ich weiß nur, dass er das Zeug zu einem verdammt guten Romanschriftsteller hat.«

Auf Marens fragenden Blick sagte sie: »Die Briefe, die er mir aus Australien geschickt hat. Er könnte locker ein Buch daraus machen, ohne viel ändern zu müssen. Wenn du willst, kannst du sie gern mal lesen. Es sind drei Schuhkartons. Große.«

»Nein, danke«, knurrte Maren und heftete zwei Rechnungsbelege zusammen. Dabei schlug sie so heftig auf den Tacker, dass dieser hochsprang und knapp die halbvolle

Kaffeetasse verfehlte. Sie rieb sich mit schmerzverzerrtem Gesicht den Handballen.

Ciara kam sofort um den Schreibtisch herum. »Ein gebrochenes Herz reicht dir wohl nicht, musst du dir auch noch die Hand brechen? Brauchst du einen Arzt?«

Maren bewegte vorsichtig ihren Daumen. »Alles gut. Gar nichts ist gebrochen, weder das eine noch das andere. Dieser Mann macht mich wahnsinnig. Ich will ihn hassen, ihn niemals wiedersehen, nehme ihm übel, dass er nicht ein einziges Mal mit mir reden wollte, bevor er wieder gefahren ist, hasse ihn dafür noch mehr, und dann kommt er mit sowas. Klaut auch noch ausgerechnet bei Yeats. Nicht wirklich, aber es gibt durchaus Parallelen. Er schreibt zum Beispiel vom Herumtrampeln auf Träumen.«

»Wundert dich das? Es ist dein Lieblingszitat und hängt unübersehbar über deinem Kamin. Ganz schön raffiniert, mein kleiner Bruder.«

»Noch ein Grund, ihn zu hassen.«

»Und trotzdem liebst du ihn. Immer noch. Ich gehe jede Wette ein, dass das auch so bleibt. Aber mach's ihm nicht zu leicht.«

»Darum wette ich nicht. Mit dir schon zweimal nicht. Obwohl du die Wette verlierst. Sean McLeary kann mir gestohlen bleiben.«

»Mir ist, als hätte ich etwas Ähnliches schon einmal aus deinem Mund gehört. Nach nicht allzu langer Zeit ist ein ›ja, ich will‹ daraus geworden.« Ciara grinste breit. »Wir könnten auch eine Münze werfen, wenn dir das lieber ist. Zahl, ich gewinne, Kopf, du verlierst.«

»Du solltest mich meinen Rechnungsbelegen überlassen und dich an den Herd stellen. Bilanzen und Steuerformulare machen hungrig«, knurrte Maren. »Und keine Suppe, bitte. Ich werde nicht auslöffeln, was mir jemand anders eingebrockt hat.«

»Ist schon recht, Mistress McLeary.« Ciara ging zur Tür und Maren hörte sie murmeln: »Wenn ich nur wüsste, was du damit meinst.«

Erst da fiel ihr auf, dass sie die deutsche Redewendung wörtlich übersetzt hatte, also rief sie ihr nach: »I will not lie in a bed I haven't made«, was ihrem Gefühl nach ein allzu bildhafter Vergleich war. Rasch verdrängte sie ihre Vision von Brigid mit Sean.

»Ah ja. Keine Sorge, es gibt Hühnchen. Und zum Nachtisch Schokopudding.«

Sean blieb an der Ostküste, ging dazu über, ihr kurze Sprachnachrichten zu schicken, weil sie seine Anrufe ignorierte. Abends und morgens, meistens nur drei Worte: *Gute Nacht, Maureen. Gut geschlafen, Engel? Du fehlst mir. Ich liebe dich. Träumst du von mir?* Und immer wieder: *Ich liebe dich.*

Es war wenig hilfreich, seine Stimme zu hören. Einmal sang er sogar, ein abgewandelter Text zur Melodie von ›Carrickfergus‹, das er durch ›Connemara‹ ersetzte, und die Zeile ›swim over the deepest ocean‹ durch ›climb over the highest mountain‹.

Am Abend schickte er ihr ein Ganzkörperfoto. Ohne

Kommentar. Er stand nackt vor dem Spiegel seines Hotelzimmers. Nicht nur die Bildqualität war scharf. Sie schrie und trampelte wie ein kleines Kind vor dem unerreichbaren Süßigkeitenregal im Supermarkt. Zum Glück sah und hörte sie niemand. Dennoch konnte sie ihren Blick nicht abwenden, bis das Display schwarz wurde. Dann schaltete sie ihr Smartphone aus.

Schaltete es am übernächsten Tag wieder ein. *Guten Morgen, Schattenelfe. Ich träume von dir. Vermisst du mich? Ich liebe dich.*

Es war schlicht kaum auszuhalten. Zermürbungstaktik. Ob er damit aufhörte, wenn sie ihm antwortete? Nur ein einziges Mal. Sie schrieb:

> Spar dir die Mühe, du Verräter.

Er schrieb postwendend zurück:

> Es macht mir keine Mühe, mein Engel. Du fehlst mir so sehr, Maureen. Lass mich deine Stimme hören. Bitte. Sag, dass du mich noch liebst, dass du mir verzeihst.

Sie drückte auf das Mikrofonsymbol und sagte: »Ich will die Scheidung.« Hoffte, dass ihre Stimme energisch genug klang, ohne den leisen Unterton von Verzweiflung, ohne zu zittern.

»Ich nicht«, kam postwendend zurück. Dann eine Pause, Klirren von Gläsern im Hintergrund, »Ich wünsche mir . . .« Dann brach die Aufnahme ab.

Sean starrte auf das Display. Was hatte er da gerade sagen wollen? Er stand neben einigen seiner Gäste an der Hotelbar, andere saßen noch beim Abendessen.

»Ein Tullamore, bitte«, sagte er, als der Barmann sich ihm zuwandte. Normalerweise trank er nicht, wenn er mit dem Bus unterwegs war. Aber sie würden den Vormittag im Heritage Park verbringen, nur einen Kilometer von hier. Erst am Nachmittag ging es weiter nach New Ross, zum Dunbrody Famine Ship und dann nach Waterford.

Was wünschte er sich? Nach Hause kommen, seine Frau in die Arme nehmen, zwei Tage mit ihr im Bett verbringen. In seiner Fantasie empfing sie ihn mit ausgebreiteten Armen und diesem Lächeln, das Gänsehaut auf seiner Seele hervorrief. Wünschte, er könnte sie davon überzeugen, dass er sie, auch wenn es auf den ersten Blick so aussah, nicht betrogen hatte. Hoffte, Maureen würde begreifen, dass er es nur für Brigid getan hatte, nicht für sich.

Er dachte an Brigids Anruf letzte Woche, als er in Mullingar war. Zuletzt hatte sie vorgeschlagen, er solle nach der Tour zu ihr kommen, da ließe sich besser reden als am Telefon.

»Ich habe zwischen Meath und Wexford nur anderthalb Tage frei, deshalb wollte ich in Dublin bleiben. Brauchst du mich?«

»Andersrum. Vielleicht brauchst *du mich*. Wir können uns auch in Dublin treffen.«

Sie hatten sich an der nördlichen Ecke von St. Stephen's Green getroffen, waren im gleichnamigen Shopping Center mittagessen und danach im Park spazieren gegangen.

»Ich hätte nie damit gerechnet, dass Maureen so reagiert«, sagte Sean. »Ich habe geglaubt, sie würde verstehen, was dich und mich verbindet.«

»Das hat nie irgendjemand verstanden. Verstehst du es denn?«, fragte Brigid, und als Sean den Kopf schüttelte, sagte sie: »Siehst du, ich auch nicht. Also kann ich es niemandem erklären. Dabei hab ich's versucht, mit der Medaille, du weißt schon, Vorder- und Rückseite, aber das wollte sie nicht hören. Sie sieht nur das Offensichtliche. Wir hatten Sex, also haben wir sie betrogen.«

»Vielleicht hätte ich sie vorher anrufen sollen, ihr sagen, was wir vorhaben und sie fragen, ob sie damit einverstanden ist.«

»Glaubst du ernsthaft, sie hätte *ja klar, macht nur* gesagt? Dann bist du bescheuerter, als ich dachte. Wolltest du es ihr wirklich erzählen?«

Er runzelte die Stirn, sah sie von der Seite an und nickte. »Sie hätte mich gefragt, ob ich dir helfen konnte, und du weißt, dass ich nicht lüge.«

»Dann hättest du einfach *ja* sagen können, ohne ins Detail zu gehen.«

»Warum hast *du* es ihr dann gesagt?« Seans Stimme klang vorwurfsvoll. Er vergrub seine Hände in den Jackentaschen und stapfte mit großen Schritten den Weg entlang.

»Hey, renn nicht so! Lass uns auf eine Bank setzen. Enten beobachten.«

Er wäre lieber weitergelaufen, gerannt, bis ihm die Luft

wegblieb, aber dann setzte er sich doch neben sie auf eine der Bänke, die am Seeufer standen. Starrte auf die Enten und die Kinder, die ihnen Körner und Nüsse zuwarfen, um sie ans Ufer zu locken. Brigid hakte sich bei ihm unter und lehnte sich an seine Schulter.

»Ich wollte das nicht, es ist mir so rausgerutscht. Es tut mir leid. Es ist alles meine Schuld.«

»Blödsinn. Ich hätte dir das nicht versprechen sollen. Aber damals habe ich geglaubt, dass man mit Sex alles heilen kann. Etwas anderes kannte ich ja nicht.«

»Nein, es war egoistisch von mir. Zugegeben, seither frage ich mich, ob du jedes Mal so bist. Wir könnten es ja mal testen. Es käme jetzt nicht mehr darauf an.«

Er rückte ein Stück von ihr ab, sah sie ungläubig an. »Meinst du das etwa ernst? Du spinnst doch. Es war abgemacht, dass es keine Wiederholung gibt. Ich bin nicht der einzige Mann auf der Welt, der weiß, wie man einer Frau Lust bereitet. Trevor Harrison ist eine unrühmliche Ausnahme. Das ist eine Tatsache.«

»Vielleicht«, gab sie widerwillig zu. »Aber ich bin längst noch nicht soweit, mich einem x-beliebigen Kerl schutzlos auszuliefern, der höchstwahrscheinlich weniger erfahren ist als du. Ich frage mich, ob alles anders gekommen wäre, wenn ich schon früher dazu bereit gewesen wäre. Vielleicht hättest du dann mich geheiratet statt Maureen.«

»Und mich von dir scheiden lassen, um mit ihr zusammensein zu können. Maureen ist mein Leben, ohne sie bin ich nur ein Blatt im Wind. Du verdienst einen Mann, der dich so liebt, wie ich meine Frau liebe, der ausschließlich für dich da ist. Ich werde immer dein bester Freund sein, dir helfen, wenn du mich brauchst, mehr war es nie und wird es nie sein. Das weißt du so gut wie ich.«

»Entspann dich, das war nur ein Test. Ich will gar nicht mit dir schlafen. Du und Maureen, ihr seid Yin und Yang. Ich hoffe nur, sie weiß ihr Glück zu schätzen.«

»Ich hatte fast vergessen, wie brutal du sein kannst.« Er entspannte sich wirklich, zog eine Hand aus der Jackentasche und legte ihr den Arm um die Schulter. Küsste sie sogar auf den Mund, aber nur kurz.

»Wir können nichts rückgängig machen, aber gegenseitige Schuldzuweisungen bringen dich keinen Schritt weiter. Dass Maureen dir mit Scheidung droht, heißt noch lange nicht, dass sie das wirklich will. Du glaubst, du kennst die Frauen, aber du weißt nur etwas über ihre körperlichen Bedürfnisse. Was in ihren Köpfen und Herzen vorgeht, davon hast du keine Ahnung. Dein Strongboy ist nicht das Einzige, was zählt.«

»Willst du damit sagen, ich soll nicht mit meiner Frau schlafen? Wie soll ich sie dann davon überzeugen, dass ich sie liebe?«

»Das, mein Freund, musst du selbst rausfinden. Kleiner Tipp: Du musst nackt sein, Sean, deine Seele entblößen, nicht nur deinen Körper. Wirf endlich deine verdammte Maske weg, die du immer nur kurz lüftest, wenn es dir gerade in den Kram passt. Sag ihr, wer du bist. Warum du so geworden bist. Wie du dir deine – eure – Zukunft vorstellst. Maureen hat ein Recht darauf. Sie ist viel zu geduldig mit dir. Übrigens werde ich den Amerika-Job wohl annehmen. Einerseits, falls Trevor versucht, mich aufzuspüren, andererseits aus Feigheit Norman gegenüber. Er bemüht sich immer noch, aber ich kann einfach nicht über meinen Schatten springen. Vielleicht lasse ich mich auf eine Affäre mit Chris ein. Wer weiß, am Ende stehe ich doch eher auf Frauen, auch wenn du mich fast vom Gegenteil überzeugt hättest. Und jetzt lass uns shoppen gehen, bevor ich mich auf den Rückweg nach Galway mache.«

»Ich dachte, du bleibst bis morgen. Es gibt ein zweites Bett in meinem Zimmer.«

»Hast du keine Angst, ich könnte mich dir unsittlich nähern?«

Er zuckte mit den Schultern. »Ich vertraue dir. Obwohl ich mir kaum vorstellen kann, dass du lesbisch bist.«

Am nächsten Tag hatte er sie zur ›Heuston Station‹ gebracht, bevor er zum Flughafen gefahren war, um seine neue Gruppe abzuholen.

Gestern war sie nach Chicago geflogen, hatte ihm vom Flughafen aus eine Nachricht geschickt, ihm und Maureen alles Gute gewünscht.

> Kämpf um sie, Sean. Ich schick dir meine neue Adresse, warte aber, bis du dich bei mir meldest.

> Gute Reise. Schreib mir.

Wohin? Nach ›The Ferns‹? An ›Doyle & McLeary Bustours‹? Er griff nach dem Glas, das der Barmann vor ihm auf den

Tresen stellte und bezahlte. Dann trank er einen Schluck von dem Whiskey, genoss das sanfte Brennen in seiner Kehle. Was wünschte er sich? *Wenn ich Maureen von der irrwitzigen Idee, sich von mir scheiden zu lassen, abbringen kann, werde ich uns ein Baby machen.* Er betäubte die Angst, die ihn bei dem Gedanken überfiel, mit einem weiteren Schluck Whiskey. Was für ein Vater würde er sein? Auf gar keinen Fall ein zweiter ›King Lear‹, aber …

Sean leerte sein Glas, verabschiedete sich von seinen Gästen und suchte sein Zimmer auf. Scrollte zu dem Foto, das er von Maureen gemacht hatte, an dem Morgen, bevor er zu Brigid gefahren war. »Für meine einsamen Nächte ohne dich«, hatte er gesagt. Sie lag auf dem Bett, wo er sie gerade ein letztes Mal geliebt hatte, und schaute ihn lasziv an.

»Willst du auch eins hiervon, mein Teufel?«, hatte sie mit rauer Stimme gefragt und ihre Beine gespreizt. Automatisch hatte er ein zweites Mal auf den Auslöser gedrückt. Seine Lenden zogen sich schmerzhaft zusammen. Sein Herz auch.

Ein letztes Mal. Nach dieser Doppeltour, erst Wexford, dann Nordirland, hatte er eine viertägige Pause. Vier Tage, in denen es ihm gelingen musste, seine Frau zurückzugewinnen. In denen er vielleicht genug Mut aufbrachte, um den Wunsch auszusprechen, der ihm so plötzlich in den Sinn gekommen war. *Ich werde ein guter Ehemann sein, der treueste in ganz Irland, werde andere Frauen nicht einmal mehr anschauen. Ich werde lernen, was einen Mann zu einem guten Vater macht, werde unseren Kindern all die Liebe schenken, die ich einst bei Ian Kennedy erfahren durfte. Notfalls kann ich Elmer fragen.* Als ihm auffiel, dass er schon in der Mehrzahl dachte, rollte er sich auf dem Bett zusammen und starrte das Foto von Maureen an, bis das Display erlosch.

Eins nach dem anderen, dachte er noch, *erst das Wichtigste: Maureen. Und dann* ... schlief er irgendwann ein.

»Was habe ich doch für ein Glück«, sagte Maren zu Moira. »Nach dem Mai-Referendum und der anstehenden Verfassungsänderung muss ich nur noch zwei statt vier Jahre von Sean getrennt leben. Vielleicht gibt es in der Zeit auch eine Abstimmung darüber, dass Ehebruch als Scheidungsgrund anerkannt wird, nicht nur Zerrüttung.«

»Du denkst an nichts anderes mehr«, sagte Moira traurig. »Vor zwei Jahren hast du nicht einmal seinen Namen gekannt, glaubst du etwa, dass die kommenden zwei Jahre schneller vergehen werden? Oder dass er überhaupt einer Scheidung zustimmt? Ich kann mir jedenfalls nicht vorstellen, dass er das tun wird.«

»Das ist mir im Prinzip auch egal. Natürlich wäre es mir lieber, einen glatten Schlussstrich zu ziehen. Aber ich werde sowieso kein drittes Mal heiraten, streng genommen reicht es also, wenn ich ihn nie wieder sehen muss.« Maren griff nach einer der fertig gepackten Gemüsekisten und trug sie hinaus zu ihrem MINI.

»Du stellst dir das zu einfach vor«, sagte Moira, als Maren zurück in die Scheune kam. »Du kannst dich nur scheiden lassen, wenn bestätigt wird, dass keinerlei Aussicht auf Versöhnung besteht. Dazu müsst ihr erst einmal zu einer dieser Beratungsstellen gehen, *gemeinsam*. Also wirst du ihn sehen müssen. Davor hast du am meisten Angst, nicht wahr? Dass du ihm alles vergibst, sobald du ihn siehst.«

»Vielleicht könnte ich ihm vergeben, nur vielleicht!«, betonte sie. »Wenn er mit irgendeiner dahergelaufenen Nutte — entschuldige, Moira — ins Bett gehüpft wäre. Ich wusste doch, dass er rein zu seinem Vergnügen alles mitnimmt, was er am Wegrand findet, Hauptsache, es trägt einen Rock. Aber er musste es ausgerechnet mit der Frau tun, die sich meine Freundschaft erschlichen hat. Der ich vertraut habe. *Ihm* habe ich vertraut. Wie konnte ich nur so blöd sein?«

»Jetzt beruhige dich, Maren. Soll ich uns einen Tee machen? Lieber ein Glas Limonade? Ist ganz frisch.«

»Entschuldige, wenn ich dir auf die Nerven gehe, Moira. Ich schnapp mir einfach die restlichen Gemüsekisten und fahre nach Maam Cross.«

»Du weißt, dass ich immer ein offenes Ohr für dich habe.«

Es kam Maren vor, als wollte Moira noch etwas hinzufügen, aber sie tat es nicht. Bei Aoife war es genauso.

Mit Ciara sprach sie nicht mehr über das Thema, weil diese nur noch die Augen verdrehte. Obwohl sie ihren Bruder nie in Schutz nahm.

Vor sich selbst gab sie zu, dass sie sich von Tag zu Tag mehr hineinsteigerte, dass all ihre Gedanken sich nur noch um Scheidung drehten. Weil mit jedem Tag, der verging, Seans Rückkehr näher rückte und darauf musste sie vorbereitet sein. Der Panzer, den sie für diesen Moment brauchte, durfte keine Schwachstelle haben. Denn es war ihr genauso klar, auch wenn sie das zu verdrängen versuchte, dass sie allzu leicht einknicken würde. Wie ein Junkie, vor dessen Nase ein Päckchen Drogen baumelt.

In den letzten beiden Nächten hatte sie von ihm geträumt, war schweißgebadet und stöhnend aufgewacht, mit beiden Händen zwischen ihren Beinen. Allzu deutlich erinnerte sie sich an das erste Mal. An den Stromstoß, der durch ihren ganzen Körper gezuckt war, als er sie in die Arme genommen und seine Lippen auf ihren Mund gepresst hatte. Wie sie sich an seiner Hand gerieben hatte; schon nach wenigen Minuten war sie heftig gekommen. Dann hatte er sie ins Schlafzimmer getragen, in dieses Bett, das sie seither unzählige Male geteilt und in dem sie ihre Lust auf vielerlei Arten ausgelebt hatten. Und nicht nur hier. Es gab kaum einen Winkel in ›The Ferns‹, in dem sie noch nicht übereinander hergefallen waren, atemlos, zügellos. Einmal in dem Schuppen, der früher ein Stall gewesen war und wo es noch immer das Gatter und den Futtertrog gab.

Sie wusste, dass er sie diesmal aufsuchen — besser gesagt, heimsuchen — würde, anders als das letzte Mal. Dass er erst Ruhe geben würde, wenn er sie mit Worten und Taten dazu gebracht hatte, ihm zu verzeihen. Alles, was er getan hatte, vor allem, mit wem er es getan hatte. Sie befürchtete, es könnte ihm allzu leicht gelingen. Einfach, weil er Sean war, weil sie ihn nur anzusehen brauchte, um jeden halbwegs vernünftigen Gedanken in die Flucht zu schlagen. Das durfte nicht passieren! Er hatte seinen Schwur gebrochen, hatte sie betrogen, gab es zu und wollte ihr gleichzeitig einreden, dass es kein Seitensprung gewesen war. Wie krank war das denn?

Wenn Untreue schon nicht als Scheidungsgrund anerkannt wurde, zerrüttet war ihre Ehe ganz bestimmt. Sie musste nur die Wartezeit durchstehen. Ihm vierundzwanzig Monate lang aus dem Weg gehen. Das war leicht, bis auf die zehn Wintermonate, in denen er notfalls auf ihrer Türschwelle kampieren konnte, ohne dass sie eine Möglichkeit hatte, ihn zu vertreiben.

Sie könnte nach Deutschland fliegen. Nur, was sollte sie dort? Ingrid die Genugtuung verschaffen, mit ihrer Aussage ›für den brauchst du einen Waffenschein, der muss nur über die Straße gehen‹ recht behalten zu haben? Nie und nimmer.

Sich von Nina und Marie ein perfektes Familienleben vor Augen führen zu lassen, kam ebenso wenig infrage, wie sich mit Carlos Zwillingen abgeben zu müssen, denen es in immer kürzerer Zeit gelang, jede neue Frau im Leben ihres Vaters in die Flucht zu schlagen.

Kürzlich war Sarita bei Robert eingezogen, was bedeutete, dass es ihm diesmal wirklich ernst war. Dort mit ihren Problemen aufzutauchen — oder eher unterzutauchen — schied also ebenfalls aus. Dazu kam, dass sie Bedenken hatte, auch nur das Haus zu betreten, in dem sie fast zehn Jahre lang mit Victor glücklich gewesen war.

Victor hätte ihr das niemals angetan. Und doch war er an der Misere schuld, in der sie jetzt steckte, weil er sich stattdessen von einem LKW hatte überfahren lassen.

Denk nicht an das Grab, das du nie besucht hast und

nie besuchen wirst, ermahnte sie sich und schob die Erinnerung beiseite.

Schließlich und endlich war davonlaufen keine Lösung, wollte sie kein Feigling sein. Sie musste es einfach nur durchstehen, besser gesagt, ihrem Ehemann widerstehen. Also strickte sie weiter an ihrem Sean-McLeary-Abwehr-Panzer.

Dessen Muster aus allzu vielen Luftmaschen bestand. Herzförmigen Luftmaschen. Das war das eigentliche Problem: Sie konnte nicht aufhören, Sean zu lieben.

11.

Entscheidung

Maren hatte gerade das Licht gelöscht und war ins Bett geschlüpft, körperlich und seelisch erschöpft, als ihr Mobiltelefon klingelte, das sie wie immer auf den Nachttisch gelegt hatte. ›Moira‹ stand auf dem Display. Etwas musste passiert sein, so spät rief sie normalerweise nie an. Vielleicht waren sie und Anton mit dem Auto liegengeblieben.

Maren berührte das Display und bevor sie sich melden konnte, vernahm sie eine allzu vertraute Stimme, fast ein Flüstern: »Maureen, mein Engel, bist du bereit für mich?«

Ihr verräterischer Körper reagierte sofort und sie stieß unwillkürlich die Luft aus. Wie kam Sean an Moiras Mobiltelefon?

»Ich will dich nicht sehen.«

»Musst du nicht, es ist Nacht. Umso besser kannst du mich fühlen.«

»Hast du nicht einmal so viel Mut, dein eigenes Telefon zu benutzen?«

»Damit du mich wieder ignorierst? Ich will dich, Maureen. Ich warte auf dich.«

»Scher dich zum Teufel.«

»Dein Teufel ist bereits hier. Komm zu mir, mein Engel.«

Er war schon hier? Sie war überzeugt gewesen, dass er erst nach seiner letzten Tour nach Hause kommen würde, statt unmittelbar davor. Das hieß, die Türen waren nicht abgeschlossen. Sie sprang aus dem Bett, riss die Schlafzimmertür auf — sein Duft nach Heu und Kräutern stieg ihr in die Nase, vermischt mit einem Hauch ... Sie stieß gegen ein Hindernis und hielt sich reflexartig daran fest. Heiliger Strohsack, er stand direkt vor der Tür, die Hände rechts und links an der Zarge. Nackt war er — und bereit auch.

»So eilig, Maureen. Kannst du nicht erwarten, deinen Mann zu spüren?« Er erstickte ihren Protest, indem er ihre Lippen in Besitz nahm. Sanft, fordernd, verheißungsvoll. Gefangen zwischen seinem heißen, elastischen Körper und dem kalten, harten Türrahmen wehrte sie sich, zappelte, als versuchte sie ernsthaft, sich zu befreien, zu fliehen. Stattdessen reagierte sie auf ihn, wie er auf sie reagierte. Nein!, schrie ihr Kopf. Ja, oh ja, lechzte ihr Körper und sie stieß ihre Hüften hart gegen seine.

Er stöhnte. Ihre Hände führten ein Eigenleben, gruben sich in seinen Haarschopf. Sie öffnete ihren Mund für seine Zunge. Teufel. Heiß wie die Hölle. Ihr Teufel. Der ihr Hemd hochschob, unter dem sie nackt war. Und nass. Ohne darüber nachzudenken, hob sie ein Bein an, presste ihre Fußsohle an den Türrahmen hinter ihm. Es bedurfte nur einer kleinen Drehung, und schon war er in ihr.

Ein gemeinsamer Schrei: »Aaahh!« Gleichklang der Bewegungen. Heftige Atemzüge. Schneller. Tiefer. Mehr. Keuchen und Stöhnen. Dann das Beben, das Pulsieren, die Erlösung. Heftig, elementar.

Er ließ sich auf die Truhe fallen, die in der Ecke stand, zog sie mit sich. Vollkommen wehrlos saß sie rittlings auf seinem Schoß. Zog das Nachthemd über ihren Kopf und fühlte seine Lippen auf ihren Brüsten. Es war viel zu dunkel, um etwas sehen zu können, was die anderen Sinne umso mehr sensibilisierte. Sie hörte seinen Herzschlag, hatte noch seinen Geschmack auf der Zunge, roch den Duft der Erregung, vor allem aber fühlte sie ihr eigenes Zucken, wodurch sein Schaft, der noch immer in ihr war, anschwoll, was ihre Kontraktionen verstärkte, die ihn wiederum …

»Teufel«, flüsterte sie. »Warum bist du nicht einfach ins Bett gekommen?«

»Ich wollte dich nicht im Schlaf nehmen, du solltest eine Chance haben, dich mir zu verweigern. Glücklicherweise hat sich meine Befürchtung nicht erfüllt. Ich liebe dich so sehr, mein Engel. Jetzt wird alles wieder gut.«

»Gar nichts wird wieder gut. Dass wir übereinander herfallen wie Bonobos, ändert nichts daran, dass du ein Ehebrecher bist. Ich — will — die — Scheidung!« Zuletzt stieß sie mit jedem Wort hart gegen seine Hüften. Hier war ihre Droge, von der sie nicht genug bekommen konnte. Junkie. Sean gab ihr alles, was sie brauchte, weil er es genauso brauchte. So war es immer zwischen ihnen gewesen, vom ersten Mal an.

»Du tust gerade das Gegenteil von dem, was du sagst. Kannst du darauf verzichten? Ich nicht. Benutz mich. Tu, was immer du willst. Nimm dir, was du brauchst.«

Sie wiegten sich in ihrem ganz eigenen, unwiderstehlichen Rhythmus, der ihr Blut heißer und heißer durch die Adern rollen ließ und ihre Erregung langsam steigerte, wie sanfte Brandungswellen, die an einem Sandstrand leckten, bis die erste Welle brach, dann die zweite aufschäumte, die dritte ausrollte und der Rausch allmählich abklang. Sean seufzte matt und legte seinen Kopf in ihre Halsbeuge, hielt sie fest umschlungen.

»Woran denkst du?«, fragte sie leise, noch immer atemlos.

»An dich. An uns. An die Liebe, die uns verbindet und den fantastischen Sex, den wir gerade hatten. Scheidung ist für mich keine Option.«

»Das ist die einzig logische Folge. Wie konntest du uns das antun?«

Sie streckte einen Arm aus, fand den Schalter und knipste die Außenlampe an. Das Licht, das durch die Glasscheibe der Hintertür hereinfiel, reichte aus, dass sie sein Gesicht sehen konnte. Er sah ihr in die Augen und seine Stimme klang fest, als er ihr von dem verhängnisvollen Nachmittag bei Brigid erzählte.

»Ich habe angenommen, dass sie über Norman reden wollte, aber den hat sie gar nicht erwähnt. Sie hat von Trevor gesprochen, von Amerika und schließlich von Chris. Dass ich ihr helfen könnte herauszufinden, ob sie doch eher auf Frauen als auf Männer steht. Dann hat sie mir in den Schritt gefasst und mich an mein Versprechen erinnert. ›Tu's jetzt, Sean, bevor mich der Mut verlässt.‹ Strongboy war alles andere als bereit, also habe ich selbst nachgeholfen, was ich noch nie tun musste. Sie hatte Kondome …«

»Das ist lächerlich«, unterbrach Maren ihn unwirsch. »Wir wissen alle, dass sie dank Trevor nicht schwanger werden kann, und da sie keinen Mann näher als auf Armeslänge an sich heranlässt, ist sie wohl auch gesund. Zumindest körperlich, im Kopf eher nicht. Genau wie du. Glaubst du, es macht einen Unterschied, ob du ihn mit oder ohne Hütchen irgendwo reinsteckst, wo er nichts zu suchen hat? Wie war es für dich?«

»Viele Frauen haben in meinen Armen gezittert, aber noch keine vor Panik. Sie hat mir so schrecklich leidgetan, als ich merkte, wie dieses Stück Scheiße von Ehemann sie behandelt hat, selbst wenn er nicht gleich zuschlug. Umso mehr Mühe habe ich mir gegeben – willst du wirklich alle Details hören?«

Maren schüttete energisch den Kopf. Er schien erleichtert zu sein.

»Ich wollte es dir am liebsten sofort sagen, aber nicht am Telefon. Deshalb habe ich dir auch vorgeschlagen, uns auf halbem Weg zu treffen. Als du gesagt hast, du hättest eine Überraschung für mich und ich solle einfach abwarten, habe ich gehofft, du hättest dieselbe Idee. In jedem Hotel habe ich Ausschau nach dir gehalten. Ich habe überhaupt keinen Verdacht geschöpft. Wir waren immer ehrlich zueinander, woher hätte ich wissen sollen, dass du eine so gute Schauspielerin bist? Nie wäre ich auf die Idee gekommen, dass du meine Sachen zusammenpackst und mich rauswirfst, noch bevor ich einen Fuß über die Schwelle setzen konnte.«

»Was hast du erwartet? Ich hätte genau dasselbe getan, wenn *du* es mir gesagt hättest. Dann behauptet ihr beide auch noch allen Ernstes, euer Schäferstündchen hätte nichts mit mir zu tun. Das sind äußerst seltsame Moralvorstellungen.«

»Ciara und Elmer sind auch der Meinung, ich hätte dich betrogen. Sie haben mich zur Schnecke gemacht. Wahrscheinlich habe ich das verdient, als späte Reaktion auf meinen früheren Lebenswandel. Egal. Mir ist nur wichtig, was du darüber denkst, ob du mich immer noch verurteilst. Dafür, dass ich vor Jahren einen Schwur geleistet und diese Ehrenschuld nun beglichen habe. Würde ein Sanitäter einem Verletzten die Erste Hilfe verweigern? Nur weil er Vorbehalte gegen eine Mund-zu-Mund-Beatmung hat? So sehe ich das jedenfalls.«

»Du kannst gut mit Worten umgehen, wie ich inzwischen weiß, aber du täuschst dich, wenn du glaubst, ich hätte dir bereits verziehen, nur weil wir gerade Sex hatten. Trotzdem darfst du ausnahmsweise im Gästebett schlafen.«

»Die nächsten vier Jahre?«

»Das habe ich noch nicht endgültig entschieden. Stell dich vorsichtshalber schon mal darauf ein.« Maren stand auf und ging ins Schlafzimmer. Kam kurz darauf wieder und reichte ihm ein Set Bettwäsche. »Du weißt, wo die Decken sind.« Damit drehte sie sich um und schloss die Tür hinter sich.

Alles schien geklärt, nichts war vergeben — und vergessen schon gleich gar nicht. Wenigstens blieb ihr Schlaf traumlos, wahrscheinlich wegen körperlicher Erschöpfung.

»Ich bringe Moira ihr Telefon zurück, habe noch ein Hühnchen mit ihr zu rupfen«, sagte Maren am nächsten Morgen. »Du kannst erst mal hierbleiben, mit dir bin ich auch noch nicht fertig.«

»Das hoffe ich, mein Engel.« Sean lächelte.

»Freu dich nicht zu früh.«

Wenigstens hatte sie wieder Zugriff auf ihren Verstand, wurde nicht mehr von dieser animalischen Begierde beherrscht, die alles andere in den Hintergrund drängte. Aber dieses Lächeln! Er wusste genau, wie sein schiefer Schneidezahn auf sie wirkte. Rasch drehte sie sich um, stürmte hinaus und lief über die Weide zum Hof der O'Brians. Ging schnurstracks ins Gewächshaus.

»Guten Morgen, Maren.« Auch Moira lächelte. Zufrieden?

Maren verzog keine Miene. »Warum hast du Sean dein Telefon gegeben?« Sie legte es auf den Tisch.

»Er sagte, er hätte sich eine kleine Scharade für dich ausgedacht.«

»Du wusstest, dass ich ihn nicht sehen wollte.«

»Es gibt einen Unterschied zwischen dem, was wir wollen und dem, was wir brauchen. Ich habe darüber nachgedacht, was du mir in den letzten Wochen erzählt hast. Nicht nur Anton kann unausgesprochene Worte hören.«

»Wie meinst du das? Du schlägst dich auf die Seite eines Ehebrechers. Das hätte ich von dir nicht erwartet.«

»Niemand hat das Recht, eine zweite Chance auf Glück einfach wegzuwerfen. Nur, weil nicht alles perfekt ist. Dein Mann liebt dich. Er hat einen Fehler gemacht, ja, aber er liebt dich aufrichtig. Auch er hat eine zweite Chance verdient.«

»Du hast dich von ihm einwickeln lassen. Ich dachte, du bist immun gegen seinen Ladykiller-Charme.«

Moira legte ihre Hände auf Marens Oberarme und schüttelte sie sanft. »Wenigstens tue ich nicht so, als wäre ich es, wenn das Gegenteil der Fall ist. Sein bisheriger Lebenswandel ist nicht gerade eine Empfehlung für eine Laufbahn auf dem Pfad der Tugend, das gebe ich zu. Aber das ist nur eine Facette seines Charakters, und das weiß außer ihm niemand besser als du. Nicht einmal seine Schwester oder . . .«

»Die Schlange, die ihn von seinem Weg abgebracht hat, wo immer der hinführt?«

»Er hat ihn zu dir geführt. Geh nach Hause. Wir unterhalten uns ein anderes Mal.«

Maren sah ein paar Sekunden auf Moiras Rücken, drehte sich dann um und verließ das Gewächshaus. Lief gemächlicher, als sie gekommen war, zurück zu ›The Ferns‹.

Drinnen hörte sie Sean ›Fields of Athenry‹ pfeifen. Sie kannte den Text: *Our love was on the wing, we had dreams and songs to sing. It's so lonely round the Fields of Athenry.* Eine der Balladen aus der Zeit der Hungersnot, in der es um Abschied ging. Passend. Fühlte er sich bereits einsam?

Sie ging hinein und sah ihn seinen Koffer auspacken, die Kleider auf zwei mehr oder weniger ordentliche Häufchen legen; eins für die Waschmaschine, das andere für den Schrank, beziehungsweise seine Reisetasche.

»Wieso warst du eigentlich gestern schon hier?«, fragte sie. »Du wolltest dich doch in Dublin mit Elmer treffen, wegen dieses neuen Hotels.«

Früher war er meistens dortgeblieben. Bevor sie zusammen waren, hatte er sich die freie Zeit zwischen der Nordirland- und einer der beiden Ostküstentouren in der Hauptstadt vertrieben. Besser gesagt, in irgendwelchen fremden Betten.

»Wir haben telefoniert. Elmer verstand, dass ich Sehnsucht nach meiner Frau hatte und sagte, er käme ohne mich aus. Also bin ich direkt von Belfast hierhergefahren.«

Noch jemand, der ihr in den Rücken fiel.

Sean sortierte weiter den Kofferinhalt.

»Ich fahre mit dir nach Dublin.« Ein spontaner Einfall. Vielleicht eine Lösung.

Er hielt inne und drehte sich zu ihr um. Seine Augen leuchteten. »Du begleitest mich auf der letzten Tour?«

»Nein. Ich fliege nach Deutschland.«

Das Leuchten erlosch schlagartig. »Warum?«

»Ich habe meine Freunde bei unserer Hochzeit das letzte Mal gesehen. Sie fragen immer, wann ich sie besuche. Bei der Gelegenheit will ich mich erkundigen, ob ich mich nach deutschem Recht scheiden lassen kann. Noch habe ich die deutsche Staatsangehörigkeit.«

Seine Kiefer mahlten. »Das willst du nicht«, presste er zwischen zusammengebissenen Zähnen hervor.

»Glaubst du, du wärst der Richtige, mir zu sagen, was ich will?«

»Maureen.« Seine Stimme klang flehend und er kam auf sie zu.

»Fass mich ja nicht an.« Sie verschränkte ihre Arme vor der Brust. Wenn er sie berührte, wäre es um ihre mühsam aufrechterhaltene Fassung geschehen.

»Ich bin dein Ehemann, Maureen. Also habe ich dabei ein Wörtchen mitzureden. Ich werde in keine Scheidung einwilligen, egal, nach welchem Recht.«

»Das ist dein Problem.«

»Ich liebe dich.«

»Ich weiß.«

Sie drehte sich um und ging nach draußen. Schlug den

Pfad zum See ein. Sollte er seine Wäsche doch selbst waschen.

Hier war sie gern mit Victor entlanggegangen, während der Umbau- und Renovierungsarbeiten an ›The Ferns‹. In glücklicheren Zeiten. Während der ersten Wochen nach ihrem Umzug – ihrer Flucht – war sie oft hier gewesen, hatte auf den Lough Corrib geschaut und an die Zukunft gedacht, die sie sich ausgemalt hatten und die unwiederbringlich verloren war.

Wie ihre Zukunft mit Sean. Liebte sie ihn, wie sie Victor geliebt hatte? Waren es vielleicht doch nur die Hormone? Sex allein war keine ausreichende Basis für eine Ehe.

Sie hätte letzte Nacht nicht mit ihm schlafen sollen. *Es war eine Ausnahme, er hat mich überrumpelt.* Sie würde es nie wieder tun. Maren lachte bitter auf. Genauso gut könnte sie sich vornehmen, mit dem Atmen aufzuhören.

Aber war es wirklich nur der Rausch der Sinne, der sie aneinanderkettete? Sie dachte an die Gedichte, die er für sie geschrieben hatte. Die waren einfach nur romantisch, gefühlvoll, ohne jedes Fitzelchen Erotik. Ohne die kleinsten Zweideutigkeiten, die er sonst so gern anbrachte. Mit denen er sie einst zur Weißglut getrieben hatte. Einzig in der Absicht, sie in sein Bett zu locken.

›Mein Zimmer ist gleich nebenan, One-Four-Love‹, hatte er in Belfast gesagt, ›klopf einfach an die Wand, wenn du mich brauchst, du kannst dann auch sofort kommen‹. Damals war sie einfach nur genervt, hatte seine ganze Art zutiefst gehasst.

Aber wenn sie ehrlich war … dieser fast beiläufige Kuss

in Ciaras Garten hatte sie getroffen wie ein Blitz, der einen Baum spaltet und ihn brennend zurücklässt. Wochen später schwelte die Glut noch immer unter der Rinde.

Wie war es dazu gekommen, dass sie sich ihrer eigenen Gefühle nicht mehr sicher sein konnte? Selbst als Teenager hatte sie sich besser im Griff gehabt, war nie so zerrissen gewesen zwischen Abwehr und Hingabe, zwischen Feuer und Eis. Nun war sie eine erwachsene Frau von sechsunddreißig Jahren, sie sollte wissen, was sie wollte.

Die Antwort war allzu einfach: Sean. Mit Leib und Seele.

Sie hatte geglaubt, beides zu besitzen, hatte ihm vertraut, ihm ihre Liebe geschenkt.

Der Besuch bei seinen Eltern. Ihr wurde jedes Mal übel, wenn sie daran dachte. Die Eiseskälte dieser beiden Menschen, die ihrem einzigen Sohn nur Verachtung entgegenbrachten; an Seans schmerzverzerrtes Gesicht, als sie im Bus saßen, seine heißen Tränen. ›Das war kein Schmerz, nur Wut. Ich hätte dich ihnen nicht zum Fraß vorwerfen dürfen‹, hatte er später in der Hotelsuite gesagt.

Sein Heiratsantrag.

Wie er sie in der Kirche angeschaut hatte, als sie an Antons Arm zum Altar gegangen war. Da war nichts von ›dein Kleid ist mir egal, mich interessiert nur, was drinsteckt‹. Keinerlei Begierde in seinen mahagonifarbenen Augen, nur Liebe. Sein Treueschwur war aus tiefstem Herzen gekommen.

Ja, er liebte sie – aber wie konnte er behaupten, ihr treu gewesen zu sein, wenn er gleichzeitig zugab, mit einer anderen Frau geschlafen zu haben? Mit Brigid. Als würde seine Behauptung, dass er ›lediglich eine Ehrenschuld beglichen‹ hatte, sie automatisch dazu bringen, ihm seinen Seitensprung zu verzeihen.

Da sie das nicht — noch nicht? — konnte, musste sie ihm die Möglichkeit nehmen, sie umzustimmen. Wofür schon seine pure Anwesenheit genügte. In Deutschland würde er sie nicht so leicht aufspüren können. Dort würde es ihr vielleicht eher gelingen, eine Entscheidung zu treffen, wie es nun weitergehen sollte. Ohne ihn — oder doch mit ihm? Wie konnte sie ihm je wieder vertrauen?

Er hatte geglaubt, alles sei wieder gut. Sie waren sich so nahe gewesen letzte Nacht, nicht nur körperlich. Obwohl sie ihn aus dem Ehebett verbannt hatte, war er mit dem Gedanken *sobald ich von meiner letzten Tour wiederkomme, machen wir ein Baby* eingeschlafen. Plötzlich hatte er keine Angst mehr davor gehabt.

Und jetzt, wo er diese elementare Entscheidung getroffen hatte, sprach sie erneut von Scheidung. Er hätte schreien mögen, wenn das geholfen hätte, oder etwas zertrümmern. Mit bloßen Händen, damit der körperliche Schmerz diesen anderen betäubte, der in seinem Inneren tobte. In seinem Herzen und seiner Seele.

Ihre Freunde besuchen? So selten, wie sie von — und mit ihnen — sprach, schienen sie ihr kaum zu fehlen. Einmal hatte sie gesagt: ›mein Leben in Deutschland kommt mir wie aus einer anderen Welt vor‹ und dass sie hier, mit ihm, alles gefunden hätte, was sie brauchte und was sie glücklich machte.

Was wiederum ihn glücklich machte, ihn all die Jahre vergessen ließ, in denen er auf der Flucht vor den Erwartungen des Kings und vor sich selbst gewesen war. Nur in fremden Betten hatte er Anerkennung gefunden. Doch ebenso rasch waren Leere und Selbstzweifel zurückgekommen. Jede neue, meist allzu leichte Eroberung hatte immer zu demselben Ergebnis geführt. Dennoch war es gut so, hatte er nie mehr erwartet. Dann kam Maureen und alles änderte sich.

Sean ertappte sich dabei, wie er wieder über seinen Ehering rieb, über das Claddagh-Relief. Freundschaft, Liebe, Treue, die drei Pfeiler der Ehe. Ihre Liebe stand außer Frage, aber waren sie je Freunde gewesen? Freundschaft ist Vertrauen, Ehrlichkeit. Sie hatten einander nie belogen, aber auch nie völlig vertraut.

So, wie er Brigid vertraute und sie ihm. Wie hätte er sie im Stich lassen können, als sie ihn am meisten brauchte? Maureen sah nur seinen Treuebruch, alle sahen in ihm nur den Ehebrecher. Dabei hatte er es nur tun können, weil er endlich den Platz im Leben gefunden hatte, an den er wirklich gehörte: bei Maureen, seiner Ehefrau. Er hatte fest daran geglaubt, sie würde verstehen, dass es nichts zu verzeihen gäbe, weil sich nichts geändert hatte. Nun sah es so aus, als träfe das nur für ihn zu.

Scheidung, für viele Paare oder gar Familien die Chance auf Legalisierung einer zweiten Beziehung, ist in Irland erst seit 1995 möglich. Das Referendum war seinerzeit äußerst knapp ausgegangen, nur rund neuntausend Stimmen hatten den Ausschlag gegeben, wenige Kommastellen über fünfzig Prozent.

Sean war damals erst elf Jahre alt gewesen und naiv, wie er war, hatte er gehofft, seine Eltern würden sich jetzt trennen und er bekäme einen Vater. Einen richtigen, keinen, für den er nur Mittel zum Zweck war. Damals hatten Brigid und er sich geschworen, niemals zu heiraten, nie irgendjemanden zwischen sich kommen zu lassen. Später hatte er seine Freiheit viel zu sehr geliebt. Eine Freiheit, die ihm jetzt nur Unbehagen verursachte.

Wirklich frei bist du nur, wenn du nichts mehr zu verlieren hast. Sean wehrte sich gegen den Gedanken, bereits verloren zu haben. Sein Herz. Seine Seele. Sein Leben.

Mitten in seine Überlegungen, wie er Maureen von ihrem Vorhaben abbringen könnte, klingelte sein Mobiltelefon. Er nahm das Gespräch an, ohne auf das Display zu schauen, und meldete sich mit seinem Namen.

»Hi Sean, hier ist Eoin vom Kilmainham Gaol. Du hast für Freitag eine Führung um elf angemeldet, mit Cynthia. Sie fällt leider die nächsten Wochen aus, hat sich den Knöchel gebrochen. Jetzt muss ich den ganzen Plan umstricken, bis ich einen Ersatz organisiert habe. Kannst du vielleicht schon um zehn hier sein? Steve hat nur neun Leute, also könnte ich deine fünfzehn dazupacken. Alternativ kann ich dir halb vier anbieten, die ist für unangemeldete Besucher, keine Ahnung, wie viele das sein werden.«

Sean warf einen Blick auf den aktuellen Terminplan, den er vorhin ausgedruckt und auf seine Laptop-Tasche gelegt hatte.

»Das tut mir leid, Eoin. Grüß Cynthia von mir, falls du mit ihr sprichst. Nachmittags ist schlecht. Für drei Uhr habe ich eine Zusage von Dublin Castle, du weißt, wie schwierig das zurzeit ist. Zehn Uhr ist kein Problem, dann fahren wir einfach anschließend in den Phönix-Park statt vorher.«

»Super, ich danke dir. Komm doch auf einen Kaffee in mein Büro, wenn Steve deine Gruppe übernommen hat. Oder wolltest du sie begleiten?«

»Nein, Steve kann das gut ohne mich. Viel Glück bei der Suche nach einer Vertretung für Cynthia.« Sean verabschiedete sich von Eoin und beendete das Gespräch.

Oft genug hatte er in bestürzte Gesichter geblickt, wenn seine Gäste erfuhren, dass während der Großen Hungersnot 1845–1849 – er wies immer darauf hin, dass sie mit einer vernachlässigbaren Unterbrechung tatsächlich bis 1853 gedauert hatte – auch Kinder in Kilmainham Gaol inhaftiert gewesen waren. Teilweise ganze Familien, zehn oder mehr Menschen in einer Zelle, die gerade groß genug für zwei Personen war. Eine Gefängnisstrafe war damals für viele Iren die einzige Chance auf Überleben, bedeutete das doch ein Dach über dem Kopf und Essen, auch wenn es nur aus wässriger Suppe mit vergammeltem Gemüse und steinhartem Brot bestand. Schon geringfügige Vergehen reichten für eine Verhaftung, und das Urteil war schnell gesprochen.

Auch Maureen hatte ihn allzu rasch schuldig gesprochen. Bevor sie seine Beweggründe kannte. Und jetzt, nachdem er ihr erzählt hatte, wie es dazu gekommen war, hielt sie dennoch an ihrem Urteil fest, wollte ihn um jeden Preis verlassen. Vor ihm flüchten, wie er vor den perfiden Plänen des Kings geflohen war. Wie Brigid sich jetzt aus dem Staub gemacht hatte, um ihm weitere Komplikationen zu ersparen.

Ausgerechnet Chicago. Wer würde dort auf sie aufpassen, sie vor Zudringlichkeiten beschützen? Diese Chris, ihre neue Chefin? Er glaubte nicht, dass Brigid lesbisch war, hätte sie sonst so auf ihn reagiert?

Wäre alles anders gekommen, wenn er doch zuerst Maureens Zustimmung eingeholt hätte, statt diese einfach vorauszusetzen? Aber schließlich hatte sie von der Vereinbarung zwischen Brigid und ihm gewusst.

Müßig, über vertane Chancen nachzudenken. Er sollte sich lieber überlegen, wie er sie von ihrem Vorhaben abbringen konnte. Von ihren Scheidungsabsichten, aber zuerst von ihrer Flucht nach Deutschland.

Im 19. Jahrhundert hatten Millionen von Iren ihre Heimat verlassen, in der Hoffnung, zu überleben. Wie sollte er jetzt überleben – ohne Maureen?

Es gelang Sean nicht, Maureen umzustimmen. Sie packte ihren Koffer und verbannte ihn ins Gästezimmer. Obwohl sie mitten in der Nacht zu ihm kam, sogar bis zum Morgen blieb, änderte das nichts an ihrem Entschluss. Dabei hatte er gehofft, sie würde sagen, dass sie bei ihm bliebe. Weil sie ihn liebte.

Sie sagte es nicht. Weder das eine noch das andere.

Schweigend fuhren sie mit dem MINI nach Oughterard, stiegen dort in den Bus um. Sie setzte sich in die vierte Reihe auf der rechten Seite und ignorierte jeden seiner Versuche, ein Gespräch zu beginnen.

Am Flughafen angekommen, holte er ihren Koffer aus dem Gepäckraum und nahm sie in die Arme. Sie wehrte sich nicht dagegen, vergrub ihre Finger in seinen Haaren und legte sogar ihre Lippen auf seinen Mund. Ein Abschied zwischen Liebenden, die sich nur für eine kurze Zeit trennen, nicht wie eine Frau, die im Begriff ist, ihren Ehemann für immer zu verlassen. Sie erwiderte seinen glühenden Kuss mit ebensolcher Inbrunst, aber dann drehte sie sich einfach um, nahm ihren Koffer und ging ohne ein Wort in die Abflughalle.

Sean fühlte sich, als hätte ihm jemand einen Kübel Eiswasser über den Kopf geschüttet. Schließlich wandte er sich ab, stieg in den Bus und fuhr zum anderen Terminal, um seine Gruppe in Empfang zu nehmen. Was blieb ihm sonst übrig?

ENDE

Was es noch zu sagen gibt ...

Herzlichen Dank an meine Testleserinnen Heike St., Tanja K. und Gabi S. Eure Kommentare waren für mich, wie schon beim ersten Teil, eine Quelle der Inspiration.

Mein Dank gilt natürlich auch den Damen der »Büchermacherei«: meiner Lektorin Ursula Hahnenberg für die erneute hervorragende Zusammenarbeit, und Gabi Schmid, der es wieder einmal gelungen ist, meinen nebulösen Ideen Gestalt zu verleihen.

Nicht zuletzt freue ich mich über das Interesse der »Friedberger Gesellschaft zur Förderung Deutsch-Irischer Verständigung e. V.«; www.deutsch-iren.de.

Wenn Sie mehr über meine Irlandreisen und die Entstehungsgeschichte der Bücher erfahren möchten, besuchen Sie meine Website www.irish-romance.de oder hinterlassen ein ›Like‹ beziehungsweise einen Kommentar auf meiner Facebookseite »Irish Romance by Iris H. Green«. Besonders freue ich mich über Rezensionen bei LovelyBooks, Amazon, Thalia und auf sonstigen Portalen.

Die Autorin

Die Autorin lebt in Hessen und reist seit 1994 ein- bis zweimal jährlich nach Irland, mit Freunden, verschiedenen Reisegruppen oder auch allein. Sie kennt alle hier beschriebenen Orte — und noch einige mehr.

Corrib Cottage — Band 1

Nach einem Schicksalsschlag verlässt Maren Hals über
Kopf ihr Zuhause im Taunus und zieht in ein Cottage in
Connemara. Bald findet sie neue Freunde und einen Job
bei einem Reiseunternehmen.

Sean ist einer ihrer Chefs und ein bekannter Frauenschwarm. Obwohl seine dreiste Art ihr zuwider ist, kann sie
sich seiner körperlichen Anziehungskraft nicht völlig entziehen.

Zeitfracht Medien GmbH
Ferdinand-Jühlke-Straße 7
99095 Erfurt, Deutschland
produktsicherheit@kolibri360.de